小說家的一日

小説家の一日

井上荒野——著　蘇文淑——譯

小説家の一日

小說家の一日

綠象般的群山

三月三日

嚴重。

已經開始想妳了。

分開都還沒五分鐘吧？感覺我現在去追妳那班新幹線，應該也還追得到ｗ[1]

剛看著妳離開，列車一開只剩下我一個人那瞬間眞的感覺整個人都要垮了。所以我現在坐在候車室椅子上。眞不想回去那個只有我自己一個人的房間。禮拜天晚上最難熬。一想到還要撐一個禮拜？還是兩個禮拜？才能再見面，我眞的感覺我要瘋了。

所以現在才在這邊給妳打這麼丟人的簡訊哪。妳看到後回我一下。我一看到妳簡訊就會站起來了。噯，妳現在旁邊不會剛好坐了一個還不錯的男人吧？ｗ

21：42

＊

我也一樣呀，馬上就覺得寂寞死了。正拿出手機想給你傳簡訊，沒想到就先看到了你的簡訊。

好討厭噢居然被你捷足先登！人家明明這麼寂寞、明明肯定不知道比你更寂寞多少倍。

這禮拜也好棒噢。一也，跟你在一起那樣美好的白天、美好的夜晚、美好的早晨。從禮拜五晚上到今天晚上我們只有出去過一次耶，要是不用吃飯也能活，我們肯定連一步也不會踏出房門吧（但就連那麼僅只一次的出門也美好得要命，雖然只是走去超商而已）。

註❶：W代表笑的意思，日文わらい（warai）發音的第一個字母。

我旁邊現在坐了一個阿伯啦，在吃燒賣便當，味道有點重w。我要小心一點，不然他會發現我在掉眼淚。

人家還想再多打一點內容，可是我要是不趕快把這封簡訊寄出去，你一定會一直坐在東京車站不能回去了啦。趕快回家啦，好好睡覺唷。

21：50

＊

我跟妳講，我絕對比妳更寂寞啦！

21：52

＊

好啦好啦，快點回去啦w

21：53

三月十二日

抱歉。

這禮拜不能見面了。

我家那幾個，好像這禮拜要一起跑來找我。我又不能叫他們別來，只能說好，我知道了。最近一直沒有這種狀況，我有點太放心（？）了。不過老公一個人在外地工作，做老婆的不偶爾去探望一下、幫忙做點什麼，可能也會被別人講話吧。

眞的很抱歉，小櫻。我眞討厭自己必須給妳打這種簡訊，眞希望我們不是這種必須躲躲藏藏的關係。但是我們家那個小的，還要再八年才會上國中。我當然很希望妳能夠等我，可是我也會覺得自己眞的可以耽誤妳這麼久嗎？我知道我眞的對妳太任性了。

眞的好想見妳呀，好想好想。

00：01

*

不要說什麼討厭自己啦，一也。我知道你很認眞在考慮我的事。這禮拜不能見面當然很難過，可是也沒辦法啊，你太太跟你孩子們都有權利去看你。八歲跟四歲，正是很黏爸爸的年紀吧，你要好好陪他們玩噢。

我一點都不覺得你讓我苦苦等你。對我來說，最重要的不是跟你結婚，而是被你所愛。

只是我無論如何還是會有種罪惡感。雖然你跟你太太的關係已經不可能修復了，可是你還是你孩子們重要的爸爸，而我偷走了他們的爸爸。這陣子時常在想，把事情攤開來說清楚講明白而傷害到別人，跟繼續撒謊、繼續隱瞞，究竟哪一種比較罪孽深重呢？

00：48

三月二十四日

想起我們昨天去新井藥師公園的事。

小櫻眞的好美啊。雖然櫻花還沒開，但是小櫻眞的好美。肌膚在自然光底下那麼透亮，頭髮輕輕飄揚，果然人有時候還是要曬太陽哪w。

結果我不小心就興奮了，馬上就想摸遍妳全身（直接的、盡情的、仔細的），於是可能太急著想要趕緊帶妳回家了，今天妳後來好像沒什麼精神的樣子，是因爲這樣嗎？如果是，眞的對不起噢。

妳一定還是想跟一般人約會那樣，出去吃吃飯之類的吧？下禮拜，我們看要不要預約哪家餐廳，出去吃個飯吧？找餐廳妳比較擅長，不過東京店眞的太多了，眞的會讓人找到眼花撩亂，我看還是我來問一下有沒有誰比較清楚的好了。

妳現在應該剛到家了吧？眞是的，每個禮拜都讓妳跑一趟，眞的很不好意思。仙台到我在中野的公寓這邊雖然只要兩小時，可是還是很遠噢，妳一定很疲累。

好想念妳在北仙台的那個房間呀，還有那張我們兩人一起躺著時有點太小的床。好想要小叮噹的任意門啊！

23：30

三月二十五日

那個公園眞的很舒服噢。可是沒想到你居然在那麼清爽的環境裡面，想那麼下流的事w。

我看起來沒什麼精神嗎？抱歉讓你擔心了。可能是我們兩個每次都「直接、盡情而且仔細」地黏在一起，忽然走在旁邊有那麼多人的地方，我有點不適應。

可能我太想要跟你一起享受那段跟平常不一樣的時光了，想跟你一直聊天（因爲我們兩個每次都黏到天長地久呀根本沒時間講話）。我太想要那樣了，反而有點不知道該怎麼表現才好。

我一點都不覺得每個禮拜跑東京很累（老實說，身體是有點疲憊，但那不是因爲搭車，而是我們黏過頭了！）。不過啊，公司的人好像開始猜我每個禮拜五晚上到禮拜天的這段時間不曉得都跑去哪裡，讓我有點小困擾。要是他們知道我其實跑去了大森課長在東京的公寓，不曉得會怎麼反應呢？

便利商店不曉得有沒有賣小叮噹的任意門噢？

00：58

＊

不要講那麼可怕的事ｗ。我剛腦袋裡浮出分店長跟稻垣先生那幾個人的臉，嚇得都快尿出來了。

妳沒有讓別人發現妳跑來東京吧？雖然應該沒有人一聽到東京就會想到我，不過也不能斷定絕對沒有。現在要全面警戒囉ｗ。拜託了！

07：42

＊

一大早就接到你訊息，嚇了我一跳。我當然是全面警戒呀，您別擔心～。我現在要出門上班了，我會記得跟分店長還有稻垣先生他們說，一也叫我幫他跟他們問好ｗ。

08：19

三月二十七日

這個週末ＯＫ嗎？你上次說禮拜六要去外面吃飯，但如果還沒訂位的話，我想在你房間吃就好了。

12：05

＊

還沒訂位啊。是說我連店都還沒決定好，抱歉。妳要在我房間吃超商便當就好了嗎？我是沒問題啦，但是妳爲什麼？怎麼了嗎？

12：18

三月三十一日

我們剛剛到家了。

自己打出了這幾個字後嚇一跳。「我們」。現在我是眞的很自然地這樣想。一也，感覺好像跟你說了出來後，忽然開始有一種眞實感了。

謝謝你啃，一也。再跟你說一次。謝謝你說你希望我生下來。之前一直很驚惶，很猶豫，早知道就早一點跟你講了（這樣我們昨天就不會吃超商便當，而是去什麼時髦一點的餐廳吃飯了w）。

接下來我肚子會開始變大，不能再像現在這樣常跑去東京找你。還有工作的事。還有我要一直當一個單親媽媽，不能跟任何人吐露父親是誰，直到我們能在一起生活的那天爲止（這一點，我會像我們約定的那樣，一直靜靜等待，直到你小兒子上了國中爲止，眞的）。雖然前途困難重重，可是我感覺我一定可以全部撐過去，只要有你在我身邊。

你睡了嗎？平常新幹線一開，就會馬上收到你簡訊的，但是今天還沒收到。你不會還在東京車站的月台上吧w

23：32

四月一日

抱歉抱歉，害妳擔心了。

昨天妳傳簡訊來時我已經睡了，結果實在是嚇到了，等剩下我自己一個人的時候想東想西的想了很多，腦袋都累了w

畢竟生下來養的人雖然是妳，但是這種事可是男方責任比較重的，尤其又是像我們這樣的關係。

之前已經讓妳有過一次不好的經驗了，那時候實在很不好意思，所以妳一說「就算你叫我不要生，我也打算生」的時候，我很能理解妳的心情。

但是說真的，我其實希望妳能更早一點告訴我，最好是試劑檢查一出來就馬上告知。沒太多時間仔細思考這件事，讓我有點焦慮，畢竟胎兒在這之間還是繼續在長大的。

12：08

＊

不用那麼緊張吧？小孩子還要很多個月後才會生出來，爸拔，放輕鬆一點啦w

午休時間結束了，晚點再聊。我們今天去「樅木」，光聞到那些油炸食物的味道我就反胃了，完全吃不下。聽說有些害喜情況嚴重的人，症狀很早就開始了。我騙美嘉她們說我「胃痛」，要趕快想點對策才行！

12：58

四月二日

你今天很忙嗎？沒收到你簡訊，很擔心。你看到簡訊後回我一下，一行也好。這個週末能見面嗎？

10：15

＊

抱歉抱歉有點忙。妳要是會反胃，我們不要去餐廳比較好吧？

11：59

四月五日

你在哪裡呀？我現在在你公寓門口。你傳個簡訊或打個電話給我。

20：31

*

我等了兩小時，身體很疲憊，現在跑來商務旅館，在車站另一側的某某旅館。連絡我。

22：38

四月六日

我現在又來你房門口了。在這等到八點為止。你如果沒回我，我就去報警。

07：24

＊

我現在人在仙台啦。抱歉，我沒事，晚點會再跟妳連絡。妳也先回仙台吧。真的很不好意思。

07：41

四月七日

我剛回來東京。

這次真的很抱歉。禮拜五中午我老婆打電話來公司，說小的那個撞到了頭，所以我趕緊搭新幹線回去。我老婆整個人慌得不得了，搞得我也很緊張，在新幹線上完全忘記要先傳個簡訊跟妳說。回到了仙台家裡後，又不能打電話或傳簡訊（我手機關了）。就是這樣。還好我兒子傷勢不嚴重，但流了很多血，人仰馬翻。

結果在家裡跟他們一起度過三天，想了一些事，也重新有了一些體會。我想妳好像把事情看得太簡單了，老實說，這是我現在眞實心情。妳說什麼「我們」呀、「爸拔」呀，妳的心情我不是不能體會，但是這些是沒辦法幫妳生養小孩的。我當人家爸爸，所以我懂。我懂，可是卻對妳說不出口，因爲妳看起來實在太開心了。

妳想想，一個沒結婚的女孩要請產假（還眞的請得下來嗎？），人家會怎麼說？肯定也各種流言蜚語滿天飛吧？小孩生出來之後，去上了幼稚園、去上了小學，也絕對會被人家東講西講。仙台雖然說是都會，但大家心裡頭都還是鄉下人啦。

還有錢的問題。妳說「只要有你在我身邊……」，但光靠這種好聽話是沒辦法活下去的啦。妳也知道我薪水沒有多高吧？仙台那邊的房貸還沒繳完，每個禮拜妳來找我的新幹線費用，光是負擔一半，我就已經覺得很吃力了。當然妳一定也是，可是我畢竟是有家庭的。妳要是生了，我就有兩個家庭了。考慮到現實，眞的是沒辦法啦。

小櫻哪，妳可不可以看一下眼前現實啊？成熟一點，再重新考慮一下。我們沒多少時間可以猶豫了，妳要知道呀。

20：21

*

你傳來的簡訊，我看了又看，不管看了幾遍還是覺得腦袋裡頭一團混亂。感覺那好像不是你寫的，而是一個我完全不認識的陌生人冒充成你寫的。

你說的全部都對，我眞的這麼覺得。可是光講一些很正確的話又怎麼樣呢？至少以我們的關係來講，我們本來就不是只建立在單純正確的基礎上啊，不是嗎？

這一次，這一個孕育在我肚子裡頭的生命，我眞心不想讓它消失。

我本來以爲你懂了。你懂，而且你決定跟你所謂那些接下來的「現實」對抗，不是嗎？

可是你說什麼你是當人家爸爸的，你是有家庭的，你現在講那些幹嘛？你不是在家庭跟我之間選擇了我嗎？新幹線費用？你應該也知道那對我來講也不是一筆不心疼的花費吧？可是我們誰也沒去碰觸這個話題，我以爲那是我們之間一種暗默的了解，爲了守護我們的愛情。

你叫我回仙台，所以我就回來了。可是我抵達仙台的時候，你人明明應該也還在仙台，你卻等到去了東京後才傳簡訊給我。我感覺你好像在躲我一樣？感覺我已經不認識你了。

22：03

*

抱歉抱歉，突然一大堆事情同時發生，我一下子慌了，寫得有點太沒人性。對不起啦。

我怎麼可能會躲妳呢？我只是覺得我們最好不要在仙台碰面。就算碰得著面，也不可能見得了太久呀。而且我們兩個在我老婆住的城市碰面，這風險也未免太高了。

但我當然很想見妳呀，我現在就想看到妳。

小櫻，我是眞的眞的非常愛妳。

老實說，還沒成形的孩子對我來講遠遠不及妳重要，我只要妳在我身邊就好了。我想要守護我們的愛情。可是我們現在就已經難關重重，我眞的不想再更多困難了。

抱歉跟妳提到錢。當然眞的不輕鬆，可是我那些話怎麼可能認眞啦。每個禮拜跟妳相聚是我唯一的幸福。但是妳這樣懷孕下去，之後就不能每個禮拜來找我了，要我去仙台也有難度，那樣我真的受不了啦。我知道自己這樣很自私，可是我真正需要的，就只有妳而已呀，小櫻。

我真的愛妳。現在就想見妳想得要死。

22：41

四月八日

太多事情想寫，但怎麼寫都覺得好像沒法把我想說的傳達給你，所以隔了一天才回信，抱歉。

我今天沒去上班，反正去了也不能專心。一整天都在想你的事，想你簡訊裡寫的那些東西。

我也抱歉。上一封簡訊打完後也沒看就傳出去了，寫得很情緒化、很歇斯底里噢？

我明白你的想法了。上一封簡訊裡，我說我感覺已經不認識你了，但是現在我想，我懂你在想什麼了。我怎麼可能會不懂你呢？

之前的確可能我太貪求了。明明只要能被你愛著就好，只要被你愛，我就已經很幸福了，但是我卻還想要再多一個人。也許是在焦慮吧。還說什麼「我一點都不覺得你讓我苦苦等你」，寫得好像很偉大一樣。

誠實面對自己眞的不容易噢。不過我誠實面對了自己之後，就覺得你講的話很有道理了。

10：38

＊

妳懂就太好了！

我後來考慮了很久，醫院要不要在中野這邊找？

這樣我那天就可以陪妳去醫院，畢竟我還是會擔心哪，到時候想要一直陪在妳身旁，當然我那天也會跟公司請假。

如果妳覺得好，我就開始找囉。妳再跟我說妳平日大概哪幾天可以過來，還有最晚什麼時候必須拿掉，如果妳剛好有頭緒的話。

11：05

＊

謝謝。

我也上網找了醫院，高圓寺的某某醫院看起來好像還不錯。跟中野站隔一站，所以你陪我去時也比較不會撞見你們那邊的鄰居。

我猜應該不會當天就能馬上拿掉，所以我大後天會先去掛號。下午看診時間一開始我就要到，一看完後馬上得回仙台，所以這次可能沒辦法碰面。抱歉。手術的日子一定了下來，就馬上告訴你。

13：25

＊

某某醫院嗎？我知道了。謝謝妳替我著想。不過這裡是東京沙漠啦w。鄰居們根本沒往來，不用擔心那個啦。

小櫻，謝謝妳唷，再說一次。

經過這次的事後我真的又迷戀上妳了。我知道妳做這決定非常痛苦，可是妳理解到什麼對我們來講才是最好的選擇之後，不但沒有怪我、沒有哭天喊地，妳就只是開始行動。我的小櫻真是個好女人耶，我真的又這麼想了。

大後天妳過來時不能碰面真的好討厭，我本來想說至少也碰個十分鐘吧，但想來想去，那天真的沒辦法溜出公司（哭）。

不過妳下下一次來的時候，我們就可以一直待在一起了。當然妳身體恢復情況最重要，我是不會幹什麼壞事的w。不過妳那天要是有力氣，我們就去外頭吃飯吧？我帶妳去妳想去的店。那天晚上，我一定會一直緊緊摟著妳。

等這一切結束，妳身體也完全恢復之後，看要不要去哪裡旅行吧？我們兩個人行程努力湊一下，安排一下。

之前我們只一起去過了花卷噢。那是剛在一起不久之後，所以已經四年前了。那時候我還在仙台，我們明明搭同一班新幹線，卻故意挑了隔很遠的位子，「全面警戒」噢。要去上廁所時還故意經過對方座位旁，像間諜一樣用眼神交談呢w

下次我們去京都吧？下次新幹線位子就劃在一起。去那邊過一晚，不，兩晚更好。雖然櫻花季已經結束了，不過我們挑間好一點的旅館，去吃點好的，放輕鬆，慢慢散步，手牽手走在路上，妳說好不好？

小櫻，多想點快樂的事。等我們一起撐過了這次的難關後，我們之間的羈絆相信一定會強過以往的。

醫院方面，要趕快決定時間唷。我也要看公司情況配合請假呀。

愛妳噢。

16：01

四月十日

我去某某醫院回來了，剛到家。

下個禮拜手術。四月十七日。早上九點前到醫院，下午一點後就可以離開的樣子。

我們去花卷，是在剛入冬的時候吧。我還記得很冷。那時候沒去太多地方過，不過在英國海岸那邊倒是走了一下。景色很荒涼，沒其他人，我們長吻了很久很久。

一也，你大概忘了吧？還是刻意沒提呀？我們那次去旅行也是在我第一次拿掉了孩子之後，你一定是把墮胎跟旅行綁成套了啦。

四年前呢。已經過了四年呢。我們。那時候，你家下面那個男孩子剛出生，你跟我說時機不對，所以我就放棄生了。當然我並不覺得自己是被你強迫的，那畢竟也是我自己的意願。

那時我自己一個人去了醫院。去一家離得超遠超遠的地方的醫院。我們兩個在同樣地方上班，不能同時請假，畢竟「全面警戒」嘛。但是你那週末帶我去了花卷。不知道你是怎麼騙你老婆的，你好像說過，可是我忘了，一定是那時候的我心裡面根本就不在乎吧。

對那時候的我來說，眞正重要的是——你老婆才剛生了第二胎，你卻願意爲了我擠出時間去花卷。我好開心啊！我覺得自己被愛。在旅館那一夜，你抱著我邊哭邊說，下一胎又懷上了的話，就生下來吧。我也哭了。好幸福哪。那時候我對你的話深信不疑——你那時候也說了跟這一次一樣的——等我們一起撐過了這次的難關，我們之間的羈絆一定會強過以往。

已經過了四年哪。那時候我二十九歲，以爲自己什麼都懂，但是現在回頭想想，我其實似乎什麼也不懂。

20：04

*

日子的事，我知道了。我們在高圓寺車站前碰頭吧？然後一起去醫院。之後我看是要先回一趟公寓，還是找個什麼地方打發時間，等妳那邊結束後再去接妳，妳看這樣怎麼樣？

妳說的話好過分哪，什麼綁成套，我只是想要好好慰勞妳而已。

可能妳決定了拿掉的日子後，心裡也很不安吧。不可能平靜嘛，雖然說只是很簡單的小手術，幾乎沒什麼風險。

反正從現在到手術那一天爲止，妳都不要去想那件事了啦。妳只要想著旅行的事就好。妳想吃什麼？想去哪裡玩？我可以去買旅遊指南噢。

21：00

＊

好啊，那我們就十七日早上八點半在高圓寺北邊出口見。

我身體有點累，先睡了。

22：34

四月十七日

妳現在在哪裡？是約高圓寺北邊出口沒錯吧？

08:39

＊

我也去南邊出口找了，妳是不是跑錯地方啦？快點跟我連絡，電話也沒接。

08:47

＊

超過九點了，我去醫院看看。

09：02

＊

怎麼回事啊？

我去醫院問，他們說沒有早川櫻這個名字的病歷。我也想過妳是不是用假名，還是因為個人資料的守密義務什麼的才那樣跟我說，可是問題是，那家醫院今天根本就不是進行墮胎手術的日子啊。

妳騙我嗎？妳根本就沒去醫院？妳現在到底人在哪裡？

妳難道打從一開始就打算騙我？

我是不知道妳在想什麼啦，不過墮胎這種事，不是愛拖到什麼時候墮都可以墮吧？妳難道故意想拖到不能墮嗎？那我就直白跟妳講了，妳要是故意硬要生下來，就別想指望我了。我可是沒辦法負責的噢。我也不會承認這個小孩。

事不宜遲，快點跟我連絡。

09：37

五月十五日

好久沒連絡了，眞是抱歉這麼長時間沒跟你連繫。

還有上個月沒去高圓寺，也對你很不好意思，你還特地跟公司請了假耶。我本來想你該不會突然又說什麼你家小孩受了傷，還是你老婆突然病倒了不能來，結果沒想到你眞的去了。因爲不去，就不能親眼確認我眞的有把小孩墮掉嘛，所以你才去的吧，一定。

你猜得沒錯，我連一次也沒去過那家高圓寺的醫院，我只在網路上查過而已。甚至我連在仙台都沒去看醫生。我本來想去，那時候還在網路上認眞找了一下，找到了一間岩沼的婦產科醫院（拜託，根本就不想去上一次拿小孩的那家醫院好嗎），但是去看醫生之前，我月經來了。

我說我懷孕，是假的，抱歉噢。

你還記得我們去了新井藥師公園吧？那時候我月經晚了三天沒來。我每個月的月經都準時報到，所以那時候完全以爲自己懷孕了。後來回到仙台的隔天早上，月經就來了。正當我鬆了一口氣的時候，就接到了你的簡訊。不曉得你還記不記得？就是那封三月二十五日清晨的簡訊哪。就因爲我在簡訊裡頭說公司的人好像發現我每個週末都會外出，嚇得你趕快傳簡訊來。全面警戒w。

那封簡訊應該算是一個警鈴吧。我刻意騙你我懷孕是想試探你。不過現在回想起來，我搞不好只是想確認一下自己早已心知肚明的事實而已。我其實很久之前就發現了，你絕不可能爲了我拋棄家庭，什麼如果我又懷孕就「生下來吧」這種事，你絕對辦不到。

但至少你還是跟我說了一次「生吧」，讓我好開心啊。即使我感覺你應該不是眞心的，但是心底還是有什麼地方暗自期盼相信，不，也許你是眞心的，雖然你馬上就又背叛我了。下一個禮拜，你就開始躲我了。

你在簡訊裡也提過，仙台跟東京不一樣，你家人就住在仙台，你本來跟我是同一個職場，你家的小孩受了傷被送去醫院，這件事是不是眞的？如果我想查三兩下就查出來了（不過你那時候是眞的回到了仙台吧，跟你家的人開開心心過了三天嘛）。

那一封簡訊，那一封謊話連篇的簡訊。還澈底收回前言，扯什麼我想得太簡單了、新幹線的費用很吃力之類的。

噢，不對，應該不是那一封，眞正讓我死心的可能是那之後。因爲我太氣了（之所以氣成那樣，可能是因爲那時候我心底依然多少還是喜歡你吧）所以給你傳了簡訊後，你回我的那一封。那封充滿了甜言蜜語的那一封。說什麼跟小孩子比起來，我比較重要，只要我在你身邊就好了之類。你一定怕把我搞到心情不好的話，我鬧起來不去墮胎就完了，對不對？

那一封簡訊讓我澈澈底底看清了你這個人。噢，不對，這樣寫好像都是你的責任一樣。我是說，那封簡訊讓我澈底看清了我們是怎麼樣的一份關係。這樣講，應該比較正確噢。

我這封簡訊送出後，這支手機就會關機，再也不會打開了。我工作已經辭了。他們追問了我老半天，我只說是個人因素，所以你不必擔心。

我們現在正在回我故鄉的路上。今天也是清朗的好天氣。陽光有點曬，車窗外頭，群山連綿。巨大悠然，好像是好多、好多頭象正躺著睡覺一樣。

11：03

小說家の一日

園田小姐的紙條

那是大概五公分大小、淡粉紅色的正方形紙片。

後來小遙才知道那種東西叫做「便利貼」。

那天是她工讀生活的第一天。預計於三年後出版文學全集的一間準備室內，一家大型出版社的巨大總公司六樓的角落小房間。小遙站在五位部門同事面前，聽著新井部長介紹自己，之後再自我介紹說「我是工讀生桐生遙，今天起麻煩大家多多關照了」。之後，她在被分配到的辦公桌前坐下來大概五分鐘後，正忙著寫部長交代說工讀生要先填寫的書面資料時，忽然那張小紙條就輕輕地被放在桌上。

小遙一抬頭，看見一個女人的背影。那女人就那麼逕直走出了辦公室。小遙還隱約記得剛剛自我介紹時，那個人應該的確是叫做園田吧。差不多三十五歲左右，感覺還挺和善的。小遙剛點頭致意說「請多多關照」時，那個人還笑咪咪拍手拍得最大聲呢。

紙張被折成了兩折。一打開來，上頭只用原子筆潦草寫著「褲襪」兩個字。今天是第一天上班，小遙也不曉得這間辦公室作風，心想總之先穿得正式一點總沒錯，於是穿了大學畢業典禮時那套藍色的及膝洋裝，也理所當然穿了平時很少穿的褲襪。她這下一低頭，看見了左腿小腿肚後方有一條大約二十公分的勾線。

小遙其實並不在意。又不是裙子破了，被人看見了內褲。今天也不是什麼大日子，更沒有人會從後面對著自己拍照。但是對方都這樣好意默默提醒了，自己看來午休時間不去買件新褲襪來換也不成。今天第一天上班，本來皮就繃得比較緊，現在小遙感覺麻煩事又多了一件。

半晌之後，園田小姐回來了。小遙看向了她，想跟她表達謝意，但是園田小姐沒有看她。小遙本來以爲她應該會朝自己拋來一個目光或是一個微笑吧，難道用紙條偷偷提醒別人的時候，應該要這樣做嗎？小遙試著這樣想，但是心頭上那抹奇異的感受，從這時就開始萌芽了。

大學四年，小遙幾乎把她所有的時間都投注在熱門音樂社的活動上。

本來她畢業後也沒打算去上班，只想一邊打工、一邊玩樂團，朝專業樂手之路邁進。身爲輕小說作家的父親與插畫家的母親雖然對於這樣的生活方式有一定程度理解，但是也提出了條件，那就是，既然要打工，就要去她父親透過關係幫她找的地方工作。所以她現在就在這裡了。

週一到週五，每天上午九點到下午四點，不用加班，月薪結算。雖然沒有厚生年金，但是給付全額通勤費用。各種條件跟換算成時薪的報酬，都比小遙之前隨便想到的幾種打工好很多，根本沒有什麼好挑剔。小遙發現自己眞的是個被寵溺的女兒，而且身邊人也都這樣看待自己。不過反正，現下也不知道除了當一個被寵溺的女兒之外，還有什麼生存方式，也就只能先這樣囉。

小遙雖然是文學院日本文學系畢業的，但是對於文學或出版都難以說是造詣良深。這件事，她在三月跟新井部長以面試之名見過一次時，就已經當面誠實告知了，不過還是被聘雇了。可見得老爸的面子還算有力囉？還是其實公司期待小遙做的，也不過就是影印打字輸入這一類的？一套文學全集的出版作業時間要花三年，這樣算是長還短，小遙完全不清楚，但感覺現在這個部門目前看起來算是非常清閒。「邊緣」——小遙腦海掠過了這個字眼，但是她也沒出過社會，不是太肯定。

第一天出勤後的隔天，大家在新井部長提議下爲她辦了一場歡迎會。下午六點，在附近一家中餐館預約了一張桌子。大家一邊乾杯，又對小遙自我介紹了一輪。看起來比大約五十五歲左右的新井部長年輕一點的，是一個叫做安藤的大叔。頭髮稀疏得像是條碼圖案的眼鏡人是宇野先生。男同事裡頭，看起來最年輕的是身材壯碩的伊丹先生。女同事則有園田小姐與比園田稍微年長一些些的小個子短髮的片平小姐。

吃了一會兒後，小遙發現這群人都很喜歡吃吃喝喝，有事沒事就會找機會吆喝著聚餐。看來這個部門搞不好眞的很閒，看起來感情是眞的很好。

小遙的位子被夾在了園田小姐與伊丹先生之間。每次桌上擺著大餐盤的圓盤一轉，園田小姐就會幫她自己先夾好她那一份，再幫小遙在小遙盤子上也夾一份。小遙找到了時機，有點羞赧地說「不好意思啊」，園田小姐也微笑回道「沒什麼」。「啊，昨天也……」小遙正想要再接著說的時候，園田小姐忽然對著她以外的全體同事讚嘆「哇，這個好好吃啊」。於是小遙清楚意識到了，原來園田小姐不想講昨天那張紙條的事。她不知道爲什麼，但是她覺得這樣的話，那她也不應當提。

「今天感覺跟昨天完全不一樣耶——」

伊丹跟小遙搭話。這個人差不多三十五歲左右，看起來雖然還算年輕，但是對小遙來講已經算是大叔等級了。不過他感覺講話還滿平易近人的。

「因爲部長說可以穿牛仔褲……」

所以小遙就眞的穿了一件牛仔褲配紅色針織衫來了。

「噢喔，這樣很好啊，不然像昨天那樣，我們大叔看了會緊張啊。」

啊哈哈，伊丹說完笑了，小遙也跟著笑了。

「不過妳昨天那件洋裝很可愛耶，那種的，妳是在哪裡買的啊？」

坐在對面的片平小姐這麼問，這人感覺很天真浪漫。

「噢，那個啊，我是在網路上買的啦。是一個義大利的快時尚品牌……」

「年輕身材好，眞是穿什麼都好看！」

「眞的眞的！」

園田小姐也在一旁幫腔。哎唷，片平小姐、園田小姐，妳們也不差呀。伊丹先生說笑著乾掉了杯子裡的紹興酒，所以小遙就拿起了擺在一旁的小酒瓶來幫他往杯子裡添酒。她大學時聯誼或是參加熱門音樂社聚餐時，從來沒有幫忙倒過酒，不過出了社會後，好像不能這樣。

聚餐很愉快。大家都很和善，好像被當成了親戚家小孩一樣對待，不過不會覺得不愉快。餐費平均分攤，大家幫小遙出掉了她那一份。之後，要去車站搭車的、要回公司的、要去續攤的人就各自在店門口解散重組，小遙跟大家道了謝，正要往車站的方向走，忽然間，原本應該往另一個車站方向走的園田小姐卻迅即走到了她身邊，往她手裡頭不曉得塞了一個什麼東西。

小遙心知肚明，那是紙條。於是她一直握在手裡，直到走到車站爲止。等到在電車裡頭只剩下自己一個人時打開來看，上頭寫——

「不用幫忙倒酒」。

小遙原本還覺得園田小姐很親切，但是經過了這件事後，她開始有了不同看法。園田小姐也許只是想教她正確做法，但是那方式給人的感受實在不是太好。這次紙條上的字跡也很潦草，可是那潦草的字跡中，筆勁裡頭所展現出來的壓力，還有振筆疾書的潦草筆畫都讓人感覺很恐怖。最討厭的是她還一邊偷偷寫紙條提醒，一邊又表面上笑呵呵地完全避免有任何關於這件事的交談。這樣的做法，實在是有點奇怪。

讓小遙這種詭異感受爆棚的是幾天後發生的一件事。那天小遙穿了一件新裙子去上班，那是禮拜天跟她媽一起出門購物時她媽買給她的，小遙只是想穿看看而已，沒有什麼別的意思。不過可能因爲她一直都穿牛仔褲或其他褲裝，所以那天伊丹先生看到後，哇地讚嘆了一聲。

「今天晚上敢情是要去約會是吧——？」

「沒有啦。」

小遙苦笑。事實上，她現在也沒有那種對象。

「喂喂，你那是口頭性騷擾噢！」

新井部長說笑地警告了一下伊丹，片平小姐也跟著幫腔「對呀對呀」，宇野先生則嘀咕了一聲「現在這樣好無趣啊」。

「小遙，那種無聊話不用理他噢——」

園田小姐把臉從鍵盤前抬起來，對著小遙這麼說。由於笑著，聽起來好像是在調侃伊丹。

「抱歉抱歉啦，我以後一定會小心～」

伊丹先生搔搔頭。

「完全沒問題呀。」

小遙說。老實說她是眞的沒有覺得有什麼不舒服的，就是如果有人說，噯這樣子是性騷擾耶，她也就覺得，噢，眞的喔？差不多這樣。

收到紙條，是在十幾分鐘之後。她去拿咖啡時，園田小姐從她身旁走過，塞來了紙條。上頭寫——「不要被性騷擾了還笑嘻嘻的」。

「好噁——！」

美里誇張皺緊了眉頭。週六夜晚，樂團成員聚集在計費練團室裡。被灰色隔音牆圍起的這片狹窄空間裡頭，漂散著一種樂器盒的皮革味、團員身上或甚至根本是長年沉積在了這空間裡的體味、髮蠟味、菸味（這間練團室直到最近才開始禁菸）所全部加總在一起的一種恍如故鄉——現在已成一處失去的故鄉——般的味道。

練團結束後，小遙一邊收拾器材，一邊提起了園田小姐那件事——講白了就是抱怨啦。聽了她的話後，一開始的最初一聲反應就是

「好噁——！」

「這也未免太噁了吧～？太陰險了啦，我最討厭這種的！」

美里把扔在貝斯盒上的連帽衫套在身上，一邊搖頭碎唸。

「什麼樣的女人哪，歐巴桑嗎？」

主唱慎二這樣問。他是團員裡唯一一個認眞去找了工作——被聘雇到大型物流集團上班——剪掉了一頭及腰長髮，看來像變了個人一樣。

「嗯，算是歐巴桑啦，不過……也沒有那麼歐巴桑……」

小遙回答得是也不是。她邊在腦中回想園田小姐的樣貌。個頭高高瘦瘦、有點像隻鶴，臉長得很和風、不能算不漂亮，但要說起來，算是有點土氣的那種。除了外表之外，她幾乎對這個人一無所知。工作上，園田小姐主要是跟他們預計收錄在全集裡頭的作家，以及擁有那些作品版權的出版社溝通，這點與其他同事一樣，弄弄資料、出門開開會或幹嘛的，然後回來，打打電話之類。園田講電話的時候聽起來很有自信，很流暢，不過也不會太強勢，有時還會聽見她呵呵笑。新井部長就說過某某老師一碰到園田小姐就沒輒了。還有她那個字。現在才想起除了她傳給自己的那些紙條之外，還沒有看過她寫的其他字咧。那些潦草的字句，無論內容、字跡或是筆勁，都讓人感受到一種截然不同於園田小姐展現在外的人格。感覺就好像她那手臂以下，有什麼不明物體從什麼星球移轉到了手上一樣，那種感覺才真的噁心咧，不，是恐怖！

「她是不是看妳太隨便，覺得很不爽啊？」

吹小號的阿篤這樣說。

「也有可能啦……」

小遙爽快承認。雖然她覺得自己工作時候還算認真，但搞不好同事們知道她其實畢業前根本沒找工作，就是個靠關係進去的工讀生。

「不爽就當面講啊——」

美里啐聲。就是啊，小遙應和。

「搞不好是因為她爸的關係，她不敢講吧？」

慎二疑問。

「怕她爸就不會做那麼陰險的事了啦？」

美里反駁。小遙點點頭。不過這種對話，還真的會讓人不小心就知道朋友們是怎麼看待自己呢，小遙心想。

「那個人應該是就是雖然看小遙很不爽，可是又不想讓自己辦公室同事覺得自己是個很難相處的咖吧？」

鼓手陽一郎說道。

「一定是啊——」

「下一次她再寫紙條給妳，妳就收到那一瞬間馬上叫住她，在大家面前把紙條公開。跟她說要是有什麼不滿意就直說，妳就在大家面前這樣做啦！」

對啦對啦，要這樣啦！這樣最好。這樣啦！團員們眾口齊聲，小遙也想這麼做了。也就是說，園田小姐就是個性格很差的人啦，這點大家意見一致，所以一定就是這樣！小遙決定這麼想，雖然當下也覺得好像有什麼事情不太對勁，有類似這種預感。

園田小姐又往小遙的辦公桌走來了。

啊，紙條！小遙全身繃緊，這一次，她一把紙條塞過來，我就要馬上喊住她「等一下」，絕不能先打開，還要很大聲。看情況——可能還要抓住她手臂讓她停下來。

但是問題是今天園田小姐一走到了她桌子旁，就停下腳步望著她的臉問——「妳中午還不去吃呀？」

「呃，我差不多要去了……」

「那我們偶爾一起吃吧，我請妳？」

於是她們兩個就一起離開了公司。平常小遙中午都自己一個人去吃些快餐哪還是沒那麼熱鬧的拉麵店，輕輕鬆鬆，但是忽然被這麼邀約，也想不出什麼理由拒絕，現在到底什麼情況？「紙條期」要結束了嗎？接下來是當面直接警告，對我先下手爲強？

「吃中餐好不好？」

園田小姐也沒多問，就走向另一家跟上次歡迎會時去的不一樣的，價位比較平實或者說看起來比較隨便的店。店內看起來桌位都滿了，不過園田小姐看起來一點也不在意，環顧店內，說了聲「啊！有，在那邊那邊」，便逕自踏出腳步，走向了一張四人座的桌子。伊丹先生跟宇野先生正坐在那裡。

「噯，我們可不可以跟你們併桌？今天出來得有點晚……」

「可以呀，請哪請哪——」

宇野先生拉開旁邊的椅子給小遙坐。他們兩個看起來也才剛進店，桌上只擺著裝了冰開水的玻璃杯。

「來吃芥末麵哪？」

宇野先生這麼問。園田小姐答道「當然哪」，接著轉向小遙說：「來這裡必吃。」於是小遙好像又被人先聲奪人奪去了選擇權一樣，只好也跟著點了一碗芥末麵。

「還好你們在這裡。」

園田小姐說。宇野先生接話：「這邊每次都客滿哪。」

「妳知道我們在這裡啊？」

伊丹先生問，園田小姐回：「不是啦，剛好。」可是……，咦，小遙忽然想起，剛剛中午前伊丹先生跟宇野先生談到中午乾脆去吃芥末麵好了。那時候小遙沒興趣，沒特別留意，可是現在一想，園田小姐那時候也在辦公室裡，所以小遙聽見了，她應該也聽見了。所以她本來就知道他們兩個在這裡嘛。可是她爲什麼說不是呢？

兩位男同事的芥末麵端來了，不多久，園田小姐跟小遙的麵也來了。接著就只聽見了吃麵的聲響。雖然也多少聊了幾句，不過該怎麼講，感覺大家都很安靜還是聊不起來還怎樣？大家在辦公室裡頭的相處都很愉快，可是私底下只有幾個人的時候就是這樣子嗎？還是因爲我也在場？不過除了小遙，伊丹先生跟宇野先生看起來好像也有點疑惑，完全自自在在的就只有園田小姐。

總之這件事小遙是完全摸不著頭緒。紙條呢，在那天下午塞來了。三點多的時候，外出辦公的新井部長帶著對方送的日式點心回來了，所以小遙就去泡茶。紙條上寫著——「不要讓泡茶變成女人的工作」。

從來沒有遇過這麼噁心的情況。難道說，出了社會後就是這樣嗎？當然直接把工作辭掉最簡單，可是這樣感覺好像是被園田給趕跑，未免太過屈辱了。何況要是被這種鳥事給打倒認輸，之後感覺什麼事都會輸耶。

就在這時，新井部長叫自己出外跑腿，於是小遙開開心心出門去辦事。她要拿著預計收錄於全集裡頭的作品清單，去都立圖書館影印原稿。由於圖書館內影印程序有點複雜，第一次部長讓伊丹先生陪她一起去。部長沒有派園田小姐陪她，她鬆了一口氣，不料這卻開啓了另一段插曲。

伊丹先生人很親切又體貼，明明說把該知道的事情教給小遙後，他就會先回公司，可是到後來，整個上午都陪著小遙，最後兩人一起在圖書館內餐廳吃了午飯。跟上次同桌吃芥末麵時判若兩人，伊丹先生今天很是健談，東聊西談的，小遙講什麼也都聽得津津有味，兩人聊得很開心。

不過小遙這時還沒有打算跟他講園田小姐的事。她還沒有那麼信任他。伊丹先生是個中年男了，又是公司的人（也就是說，小遙這時候根本還不認爲自己已經出社會了），不過倒是聊起了樂團的事，但沒有老實托出自己想朝專業樂手發展的野心，只聊了樂團對她來講是最重要的存在，也說現在每個月都有一場現場演出。伊丹先生聽了後表示他也想去聽看看，要小遙跟他講他們樂團下一次的演出時間跟地點。

小遙當作是場面話聽聽就算，沒想到演出當天伊丹眞的來了，單槍匹馬出現在高圓寺那家住商混合大樓三樓的門口窄、店內又小的音樂展演場地，在最前排佔好了位子又拍手又耶耶喝喝出聲地喊，讓人看見了他稍微有點意外的一面。表演完後，約他一起去慶功，他大概也聽出那只是場面話沒有眞的去。不過那時兩人聊了十來分鐘，伊丹提起了一家一樣是在高圓寺的沖繩料理店，兩人說好下次一起去吃，交換了 LINE。

就在那時，小遙稍微有點意識到了——眼前這個年紀比我大很多的男人該不會是想把我吧？

演出是禮拜天，去沖繩料理店則是隔週的禮拜二。那一天，伊丹先生下午就外出了，所以兩人用 LINE 連絡，說好了在店裡碰頭。要是兩人私下相約的這件事有必要瞞住同事們，那還眞的是很聰明的一招呢。當晚也過得很愉快。上回演出時，小遙還對伊丹沒有什麼特別好惡，不過今晚她覺得在所有男同事中，這個人是最帥的，又是看起來最不像大叔的一位。而且這樣比自己年長這麼多的成熟男子居然對自己有興趣——今天晚餐時她是眞的確定了——這樁事實令小遙心情飄飄然。東坡肉、炒海帶、昆布豆腐都很好吃。沖繩泡盛那種烈酒，伊丹先生稀鬆平常地咕嚕咕嚕三兩口就喝光了，反之小遙只喝了半杯兌了熱開水的酒，臉就漲紅（事實上她不太能喝）。伊丹先生笑著叫她「不要太勉強啦」，那張笑臉跟二十幾歲男孩們比起來——雖說理所當然——是那麼樣成熟又溫柔。

兩個人聊到了公司的事，伊丹先生說「妳跟園田小姐很好啊」時，小遙當下心想乾脆跟他全盤托出好了，但是她後來沒有這麼做。因爲她想，要是只是稍微被捧一下，講兩句好聽話就把別人的壞事講出來，好像是在打小報告一樣，可能會給人留下不好的印象。也就是說，小遙在這一刻其實是對伊丹抱持好感的，甚至她覺得，就算被追到了好像也無所謂。

隔週六，她們樂團租的練團室剛好就在高圓寺。晚上八點練完了團後，大夥說要去車站內的家庭餐館用餐時，小遙問道：「要不要偶爾去吃沖繩料理呀？」

「那裡不是很貴嗎？」

陽一郎一聽見店名便這麼問。小遙回說也沒有那麼貴呀。前幾天約會時，當然是伊丹請的客，不過她看過菜單，大概知道是什麼價位。

「妳去過啊？」

「對啊，嗯，那裡還滿好吃的。」

「噢哦～～，我知道了啦，妳不會是跟之前那大叔一起去的吧？」

美里超級秒速識破。不過小遙搞不好其實也正想要他們問呢。

「妳跟那中年男在交往啊？」

「沒啦，還沒有啦——」

「還沒？那意思就是說妳打算要囉？」

「幾歲了啊，那大叔？」

「三十七。」

「唔哇——，整整比我們大了一輪耶！」

「哇——，不錯唷！小遙，大叔殺手～！」

「幹嘛啦，都還沒怎樣——」

「怎樣不就怎麼樣了嗎～？你們就在一起嘛，他可以教妳很多～很多～事情唷～」

「妳好噁心耶，美里！」

「出版社沒錯吧？耶，那順利的話不就搞不好結婚了？」

「耶，飛上枝頭當鳳凰～」

「幹嘛啦，根本就不是什麼有錢人！」

一群人走到了看得見沖繩料理店的地方時，也同時看見有一個女人獨自倚靠在店對面的投幣式停車場圍籬上，也正往他們這邊看。是園田小姐！雖然她今天打扮得很輕鬆，穿了一件牛仔褲配條紋T，可是一看就知道那絕對是她！兩人的眼睛對上了，園田小姐瞬間就低下頭去，假裝自己在看手機。

那條夜路沒有什麼人，所以全部人講話都很大聲。恐怕園田小姐也聽見了吧，所以才會轉頭過來瞧嗎？但是咦，爲什麼她現在會在這裡？難道她跟伊丹先生約在這裡嗎？不會吧？

「這裡吧？不進去啊？」

美里問。

「不會那個大叔現在就在裡面吧？」

慎二調侃。沒有啦！小遙趕快搖頭，眞是的！這兩個人講話都太大聲了啦！

踏入店內的瞬間，小遙稍微回頭瞄了一眼，已沒看見園田小姐的身影。

一整個週末，小遙都在想園田小姐的事。

她站在沖繩料理店對面那個身影，不曉得爲什麼就是一直盤旋在小遙腦裡。也許是孤身一人在停車場燈光下的那身影，看起來莫名有點無依吧？她該不會是在等我？可是她不可能知道我禮拜六會去那家店呀？要是知道的話，那就眞的很恐怖了。小遙最後決定還是找園田小姐聊聊好了，當然也包括紙條那件事。

但是禮拜一，她一進了公司後卻沒有看見園田小姐的身影。而且明明不在，卻沒有半個人提起，整個上午就在這種有點詭異的情況下度過，快中午前，新井部長終於打開謎底，說出了原因，不過整間辦公室好像除了小遙之外的其他人，全都知道——園田小姐住院了，總之目前會先休息兩禮拜。

不過部長沒說什麼病，也沒說明一些「總之」應該會說明的事情。整個氣氛感覺好像不太適合問，同事們也都散發出一種不想碰觸這話題的氣息。要一直到了隔天晚上，小遙第二次跟伊丹先生約會時，才得知了詳細情況。

當天傍晚六點，他們兩人約在新橋一家比利時啤酒屋碰頭。伊丹先生那天照樣在中午過後就外出了，不過下午三點前，小遙手機接到了連絡，說是想要晚一個小時到。小遙下班後於是先去其他地方打發時間再去店內，等到了大概七點十幾分的時候，伊丹先生終於出現了。

「抱歉抱歉，今天真的……」

小遙感覺出伊丹先生好像想講什麼，可是卻沒有意識到，那居然會是跟園田小姐有關的話題。之前小遙一直以爲他們只是一般同事關係。所以當伊丹說他去了醫院時，小遙還以爲他身體怎麼了，一開始還關心地問：「哪裡不舒服嗎？」

「其實園田小姐去年就動過手術了，原本期望能慢慢康復，可是好像又被發現了轉移……」

小遙跟伊丹並坐在吧台前。沒先訂位，只剩下那裡的位子。色澤深濃的木製家具用品與橘光的燈泡讓店內感覺好像還停留在冬日一樣。一些團體客佔住了大桌，鬧騰騰的。伊丹先生隨便點了香腸綜合拼盤與焗烤，沒怎麼吃就涼了。

「現在她在接受抗癌藥物治療，不過療程結束後好像也不太樂觀。她沒直說啦，不過我爸也是癌症走的，我大概知道那情況怎麼回事。」

「大家都知道嗎，園田小姐的病？」

「去年她動手術的時候就跟大家說啦，轉移的話會不樂觀也是她自己那時候提到的。機率大概一半一半吧。這一次住院的事她只有通知部長，不過大家一聽到她又住院了，大概就心裡有底了。我是沒辦法不管啦，就問了部長，今天就跑去醫院看她了。」

伊丹先生乾掉第二杯啤酒後，左手疊在小遙擺在吧台上的右手上。

「我跟她啊，交往過啦。當然辦公室的人都不知道。不好意思噢，在這麼奇怪的時間點跟妳講這個。」

伊丹先生的手很沉又很多汗。小遙很想把手拿開，可是在這個時間點把手抽掉，好像眞的很沒有人性，所以她就忍了下來。

「去年她生病時分手的。噯噯，不是我拋棄她噢，不是噢。是她因爲手術之後就不能生小孩了，整個人壞掉了。妳看她那樣子的人嘛，在辦公室裡面雖然笑嘻嘻的，可是私底下兩人獨處時那情緒之低落，還是說之激烈呀，我本來一開始還很努力想支持她的，可是沒有用呀，根本！也許是我自己做得不夠啦。我知道我這樣講聽起來很狡猾，可是我跟妳說，是她先說要分手的噢，不是我，我只是接受了而已。」

酒保過來問要不要續杯，小遙趁機把自己的手從伊丹的掌心下抽離。伊丹一臉詫訝地揪著她看，那表情好像在說，沒想到我在跟妳講這種事的時候，妳居然這樣？伊丹又叫了一杯啤酒，小遙第一杯都還剩下半杯，根本不想喝。

「我跟她已經不是戀愛關係了喔？所以我才會直接跟妳講呀。我去醫院，是因爲怎麼講……，感覺我好像要去一趟才行嘛。不是以男朋友的身分，而是做人就是這樣……」

「園田小姐看起來怎麼樣？」

小遙感覺自己今天晚上好像這才第一次開口說話。不對，是對著伊丹，自己第一次用自己的嘴巴講了什麼。

「她正好去打抗癌劑了，不在房間，所以等了很久，只見了一下，而且我還跟妳有約嘛。她笑嘻嘻的呀，說給同事們添麻煩了，很不好意思，要多麻煩大家之類，然後我叫她不用擔心工作啦，好好專心治療，就講這些呀，沒什麼特別的。」

「園田小姐會不會還喜歡著你呀？」

小遙感覺自己好像是在跟自己確認浮現在腦中的疑念，而不是在問伊丹。

「怎麼可能！不可能啦！我再說一次，是她先提出分手的耶。而且就算萬一是，我也已經對她沒感覺了呀，這麼講很抱歉，可是這點眞的清清楚楚，因爲我遇見了妳嘛～」

小遙察覺伊丹又要來摸她的手，趕緊把雙手交叉在下顎，免得被碰到。之後眞的就一直維持著那個姿勢，好像保持一種什麼社會人士的禮儀一樣，一直忍耐著等到約會結束，能從伊丹身旁離開爲止。

接著她等到了禮拜天。

在禮拜天來臨前，這幾天當然是沒有收到紙條的幾天，也是伊丹開始遠離她的幾天。

這兩件事，只有小遙同時意識到了。伊丹先生大概在走出了比利時啤酒屋的那一刻，就同時意識到了自己跟小遙大概是八字沒一撇了，隔天馬上滑溜溜地跟她拉開了距離。沒有什麼令人不愉快的感覺，也沒很特別在意她這邊的感受，只是非常自然就拉開距離，讓小遙覺得這眞的是很厲害。難怪他跟園田小姐交往過的事，大概眞的沒有人發現吧。她也沒有因爲伊丹跟她坦白了曾與園田有過一段情的事而開始討厭他，只是他說的那些到底是眞是假，是全部老實直說？還是配合了他自己的方便而調整過細節？愛上一個人的時候，怎樣才是對、怎樣卻是錯，這時候的小遙，都還沒有機會明白。

只不過她心底開始莫名泛起一股異樣感受，把她被伊丹示好時給捧得飄飄然的那種陶醉感給吹得無影無蹤了。她發現——其實我對伊丹根本沒感覺嘛？說起來，在他對我有興趣之前，我根本就沒有意識到這個人，我的注意力是擺在園田小姐身上的。我現在應該想的，不是伊丹，而是園田。

禮拜天，天空陰陰的，感覺好像快下雨了，搞不好差不多要宣布進入梅雨季了吧。那是家靠近御茶之水的大學醫院，小遙到的時候不曉得該從哪裡進去，晃晃找找，最後來到了西住院大樓九樓，在護理站寫了名字後，走向走廊。

病房號碼是問新井部長要的，她沒問伊丹。部長雖然臉色詫異，好像「咦，妳們感情那麼好嗎？」的樣子，不過還是告訴了她，也許是察覺到了小遙迫切的心情吧，也或許，是因爲跟園田小姐見面的機會也不多了——這點小遙不太想去思考。

四人房的房門跟房內三張床之間的隔簾都拉開著，隔簾敞開的病床上，病患與探病客人有說有笑，也有人在看雜誌，小遙一看，馬上就知道唯一一張沒有拉開隔簾的就是園田小姐的病床。她輕輕走了過去，隔著拉簾在外頭輕聲對著裡面說：「妳好。」

隔簾立刻拉開來。園田小姐一向在腦後綁成一束的頭髮，今天在雙耳下綁成了兩束像個少女一樣，身上穿著大概是醫院規定的像是日本傳統家居服「甚平」一樣的睡衣，一見是小遙，臉色一繃，不過馬上綻放出笑容，喊了聲：「哎呀！」。妳好，小遙又說了一次，因爲她不曉得還能說什麼。說完，把帶來探病的果凍遞給了園田。她在網路上查，買了一家稍微有點貴的名店果凍過來。園田小姐倩然蕩開了笑靨，「啊——好開心啊」。明明才住院沒幾天，園田小姐卻已經消瘦好多，半躺著坐在床上，但感覺好像是靠著背後床板撐持才能勉強維持那個姿勢一樣。

「我們一起吃吧。窗邊有摺疊椅，妳可不可以去幫我拿一張過來？」

小遙去拿了椅子，打開來坐在床邊。她幫園田小姐撕開果凍膜，跟附上的湯匙一起遞給了園田，之後兩人聊了一會那家果凍的事。園田小姐曉得那家店，提起他們在不同季節會販售各種不同果凍，還聊了其他點心。

「妳可不可以幫我把剩下的冰在冰箱？那邊有個公用的。」

吃完後，園田小姐問，於是小遙又照著去把果凍冰在冰箱裡。回來時，園田小姐說：「妳回去時，記得把椅子折起來，放回原本那裡唷。」聽起來好像是在趕她走。

於是小遙把椅子折起，用手撐著折起來後的椅子傻愣愣杵在那裡。她很想說點什麼，但是又不知道該說些什麼。祝妳早日康復？不對。妳跟伊丹先生有沒有在交往呢？不是。謝謝妳那些紙條。不對。不對。

這時，園田小姐的手忽然像什麼攀藤植物的藤蔓一樣輕悄朝小遙伸來，手臂前方是一張紙條。

「妳打開來看。」

園田小姐說。小遙心中震撼，一邊照做。紙條上，依然是那龍飛鳳舞的潦草字跡，寫著「不要再來了」，一定是她剛才趁小遙把果凍冰進冰箱時寫的吧。

「可不可以幫我把這張紙條交給伊丹先生？」

小遙睜大眼睛點點頭。接著，園田小姐揚起了一抹微笑，「再見了」。

小説家の一日

好好軒的狗

通往幼稚園的路有兩條。

一條是往常走的從好好軒那邊經過，另一條則是沿大學操場稍微繞遠一點。今天要走哪一條？我問海里，說要走好好軒前面那一條。昨天前，還說要走大學那邊呢，怎麼今天好奇心已經凌駕了恐懼嗎？這樣我反而開始有點擔心了。

好好軒是家小小的拉麵館，有時候光一郎不在，我就中午跟他們點外送。上星期好好軒失火了，整家店燒個精光，那片大得顯得古怪的鋪滿碎石的停車場後方那間店，如今燒得只剩下焦黑的柱子。之前還滾落在地上的湯鍋，今早經過時，也已經收走了。

停車場邊緣角落放了個大狗籠，火勢好像也延燒到了那兒。我儘量不往那個方向看，但海里問——「狗狗們呢？」

「跑了吧？」

我那話像是在說給自己聽一樣，而不是在回答她。之前那籠子裡養了兩隻大麥町，我想都不想去思考牠們被關在那裡頭活活燒死的可能性，而且，我根本連店家的人是否平安也不知道。

「妳看，那門不是開著嗎？火災時一定有人把它打開了啦。」

狗籠門上的網子已經被燒掉了一半而蜷曲起來，可能是因爲這樣門敞了開來。不過海里「嗯」地點點頭，讓我鬆了口氣。眞心不想再談論這話題，晚點來接她放學的時候，我一定要想個藉口改走操場那一邊。心底打定主意。

在幼稚園門口看著海里進去後，跟幾個認識的媽媽打了招呼。我一邊是忙，一邊也不習慣社交，在幼稚園裡也沒認識什麼稱得上是朋友的人。經過幾位站著話家常的家長身邊時，聽見有人說「還是很臭哪」，他們是在說好好軒的事嗎？那附近的確是還飄著股焦臭。還是他們是在說什麼別的味道呢？我快步經過。

幼稚園旁的路邊，常會有人來擺攤賣東西給小孩的母親或小孩。

今天早上賣山產的人來了，買了一簍蜂斗菜花。

回到家時，光一郎不在，小文說他剛騎腳踏車出去晃了。

我跟光一郎還有女兒海里、幫傭小文現在住在這棟嶄新的公營集合住宅裡頭的其中一戶。去年我們剛從之前租的那個新金井又舊又小的房子搬過來，所以能買得起這樣一戶公寓，是因爲光一郎開始被讚譽爲「戰後文學旗手」之類的，開始有很多雜誌來跟他邀稿。我丈夫，是個小說家。

要不要先把土洗掉啊？小文一看見蜂斗菜花這樣問，但我決定自己來。她那個人有點粗手粗腳（當然還有其他一些缺點），不太想把這種工作交給她（一定又會用水亂沖，把菜葉洗得軟爛爛吧）。而且我自己也想摸摸那些菜。蜂斗菜花，只有這季節才吃得到的小巧花蕾。淡黃綠色的柔軟葉片。清洌的香氣。

電話響了起來。小文正在陽台曬衣服，所以我去接。

「請問是柏田光一郎老師的家嗎？」

女人的聲音。聽起來很乾，像在生氣一樣。

「柏田老師在家嗎？」

我說他剛好不在，請問您哪裡找？邊習慣性伸出了手要拿便條紙上的原子筆，不經意看見指尖上沾了一些些泥土。

「我姓鐘堂。鐘堂琉璃江的姊姊。請問柏田老師今天會回來嗎？」

「他應該等一下就回來了，只是出去附近一下。請問有什麼事嗎，要不要我讓他回來後回您電話？」

「不用了。」

說完，啪嚓一聲，電話被掛掉了。我恍神地把指尖上的泥土隨手擦在便條紙上，小文從陽台進來，問了句——「又沒出聲的？」我說不是，便從電話旁走開。這時光一郎回來了。

「我去看了那個火災現場耶。本來以爲會遇到妳，可能剛好錯過了吧——」。

他穿著他自己不曉得從哪裡買回來的一件白色鞣皮皮衣，搭上一件羊毛褲，亮出了一嘴大牙這樣說。我老公雖然矮，只比高挑的我高了幾公分，還有一口亂牙跟一對賊亮的眼睛，但不知道怎麼回事，卻有一種莫名的異性魅力。

「你去了幼稚園那邊嗎？今天有攤商來耶。」

我給他看了流理台裡的蜂斗菜花。哇，好漂亮。他發出了天眞直爽的讚嘆。

「中午想喝蜂斗菜花味噌湯耶。」

「好啊，那就做那個吧——」

他正要走進書房，我喊住他——「啊，對了——」。

「剛有人打電話來找你耶，說是叫什麼……什麼人的姊姊。我把名字寫在便條紙上了。」

其實我記得對方的名字，只是仍這麼說。不知爲什麼就是不太想說出那幾個字。光一郎一副若無其事地瞄了一眼電話旁邊的便條紙。

「她說了什麼？」

回頭問我時，另一半臉上已經沒有了表情。我說她沒說什麼呀就掛了電話，於是光一郎說，噢，這樣啊，便點點頭進了書房。

午餐做了蜂斗菜花味噌湯、鮪魚淋山藥泥、高湯煎蛋捲，然後用洋蔥跟碎牛肉拌了醬去炒。海里今天帶便當，所以就只有我跟另一半，還有小文圍坐在餐桌旁。另一半坐了下來後，我才開始盛味噌湯給他，因爲他那個人哪，味噌湯沒燙到會燙傷喉嚨是不會滿意的。

現刨的柴魚片與昆布熬煮成的高湯，拌進了我們老家那邊做的麥味噌。一煮滾後馬上倒入大量現切蜂斗菜花煮成的味噌湯。光一郎一坐下就先喝了一口。唔，好喝。嘆了口氣。不過沒有剛剛那麼樣天眞直爽了，好像在背什麼台詞一樣。

「我們這一帶找一找，應該也有哪裡可以採吧？」

「可是味道不一樣吧，土壤又不一樣。」

「那些攤商不曉得到底去哪裡採的噢？」

「還買了什麼？」

跟光一郎聊著這些。不過他整個人魂已經不曉得飛到哪裡去了，心思根本不在餐桌上，我心知肚明。

「我去一下書局。」

光一郎吃完飯後講，小文正在洗碗，沒回頭就大聲嚷了句「又要出門啊——」。她跟我同鄉，當初生海里的時候我媽不放心，隨便幫我找了個能同住的幫傭來。雖然我不想去在乎什麼主僕關係，可是這個人哪，每次一想到什麼就說出口的那種性格實在是讓人受不了，還眞心希望她能改。

有時光一郎心情不好會罵，還會吼她。不過他今天好像沒聽見一樣就出去了。我替光一郎唸她——妳別那張嘴，不用講的話就別講，省得又被罵。好啦好啦，小文不悅地回，接著便鏗鏗洗著碗盤。是有那麼愛老往外跑啊——她這一句話比剛才小聲很多，像唱歌一樣嘀咕出來，但還是清楚傳進了我耳裡。

妳那個洗完後可不可以去接海里呀？我裝作沒聽見，這樣交代她，接著走進六疊榻榻米大的房間裡，在書桌前坐下。我讓小文去接海里，一方面是希望光一郎回來的時候我在家，另一方面也是有工作要做。

光一郎總是習慣把小說寫在大學筆記本裡，不寫在稿紙上。不幫他把稿紙上的方格子填滿，他的「小說腦」好像就無法啓動。婚前，他好像都是自己把那些寫在筆記本裡面的小說再謄寫到稿紙上，婚後，這就成了我的工作。書桌上，擺著一本筆記本。

我攤開筆記本。上頭有他昨天才剛寫好的短篇。昨晚他吃晚飯時說，我寫了一篇很好的小說耶，表情非常認真。還自誇自讚，「我小說眞是寫得好」。可能一方面是才剛寫完心情很好，另一方面，像那樣子自我鼓舞對他來講，或者甚至對所有小說家來講，大概都是必要的吧。其實我老公的小說也眞的寫得很好，我眞心這麼覺得。

他在當小說家之前，原本是想當革命家的，他想要改變這世界。我就是在那時期遇見他。那時候的我也認爲這個世界需要改革——後來光一郎才坦白跟我說，他聽我這出身地方城市的和菓子老鋪千金小姐憤懣大談這世界不平等的時候，其實是當成聽見什麼罕見的小鳥在唱歌一樣聽我說。

對光一郎來講，小說是他革命的手段，但他也因爲寫的小說批判了社會運動的矛盾處而被黨除名了。之後，他依然想要改變這社會。就那樣，再也不從屬於任何地方，就只靠著寫小說。這人簡直孤獨得令人害怕，有時我會這麼覺得。可能是他對於這世界的憤怒與失望，都太過於純粹了吧。我從光一郎這男人身上，看見了人得以保有最純粹的部分，這樣一件事之珍貴與悲切。所以我想至少我要陪在他身旁，這是我之所以當他妻子的原因之一。

聽見玄關門打開的聲響。不是光一郎，是海里跟小文。海里哭喪著臉跑過來，問了她怎麼回事，她說她很怕從好好軒那邊經過。對了，忘記跟小文講了。海里告狀說她想從大學操場那邊回家，可是小文根本不理她。我覺得小文這個人眞的很讓人生氣耶，但我自己也不好，我也忘了說。對於那塊火災地點，我所感受到的恐怖，與海里所感受到的大概不一樣。海里好像又從幼稚園聽來了什麼好好軒的恐怖謠傳了。

我讓女兒喝點甜口的可可亞，一邊聽她說，一邊心想，光一郎到底要在書局晃到什麼時候啊？

晚餐炸了天婦羅。

蜂斗菜花、蓮藕、芝蝦炸什錦。給海里吃的，則另外做了一點醬油跟酒調味過的豬大腿肉。另外還煮了放了很多根莖菜類的勾芡湯跟冷漬油菜花，還有光一郎飯前總會先喝幾杯威士忌，所以也片了點鯨尾肉添上蜂斗菜花味噌，讓他當成下酒菜。

光一郎靜靜夾起了蜂斗菜花味噌。我問說會不會弄得太甜啦，他說不會呀，很美味，可是好像直到那一刻他才意識到了自己正在吃的是什麼。整頓飯，他就一直那副模樣，可是一下又忽然想起什麼似地問女兒，海里今天幼稚園怎麼樣呀，好不好玩呀？感覺上好像也不是心情欠佳。不過小文今晚倒是很安靜，海里也表現得極為乖巧，全家人都知道這種時候，就是光一郎會因爲一點小事而「爆炸」的時候。

吃完飯後，海里去睡覺，小文也回去她自己的房間，我跟光一郎便像平時那樣輕輕播了爵士唱盤，邊喝點白蘭地。我心想，他等會兒一定會跟我說什麼、坦白些什麼吧？心內半是想聽、半又不想聽，就這麼等著、等著，但是他一直沒說，我便先開口了，講起今天從海里那裡聽的好好軒那些狗兒的事。

「什麼好好軒的叉燒是用狗肉做的……，說小孩子之間這樣謠傳。明明那些狗就養在狗籠裡，可是小孩心底大概留下了很深刻的印象吧。說每次殺掉了一隻拿去做成叉燒後，就會再從不知道哪裡找來一隻新的遞補，說有小孩子在學校裡頭這樣謠傳。然後說，這一次火災時，那些狗兒就逃掉了，可是也沒跑很遠，都還在這一帶流浪，等著伺機對殺掉牠們同伴的人類復仇……」

「哇──，這聽起來很像我的小說耶──」

光一郎每次一覺得什麼事有趣，就會這樣講，可是今天晚上那句話也講得好像台詞一樣。

「妳把這寫下來看看嘛——」

他又補了一句，像是在掩飾之前那句的語氣似。

「妳用現在講的這個當開頭，然後從小孩子的視角……不，從母親的視角好像比較有趣。寫些很日常，但是就莫名其妙有種古怪感的東西，寫個五十張看看吧？應該還滿有意思的？」

「我哪會啊——」

我笑著回絕。每次的標準回應。眞的不寫？他也這麼說，但是今晚不像平時那樣繼續纏著勸我寫。

妳絕對能寫小說啦——光一郎說。

婚前我在老家那邊當過幾年國文老師，當時在教師月報上寫過一些短篇隨筆之類，還有婚後爲了家計而接了一陣子雜誌上用來塡版面的簡短記事，那些文章他讀了後，說妳有寫小說的才華呀，搞不好還會寫得比我好呢。

之後他便偶爾會提點我一些主題或意象，慫恿我「寫看看嘛」，可是我從來不予理會。我也不是沒有過想寫的念頭，也覺得搞不好自己還眞能寫呢，可是我沒寫。一個屋簷底下有兩個人都在寫小說，這樣實在太異常了，我覺得。至少我就是這麼地了解小說。

而且我心底清楚光一郎其實才不想要我寫。他需要我當他的妻子，這樣子他才能夠繼續寫作小說。要是我也跟著寫起什麼小說，當他妻子的這個部分就絕對會有所減損，而我知道，光一郎正怕這個。

但我還是開始寫小說了。

因爲時間突然空了出來。光一郎忽然說要出門旅行。有時候他交完了當月稿子後便會出門個一兩天，但是他這個月的稿子都還沒開始動呢，說什麼寫不出來，想出門去看一下不一樣的風景轉換心情。說完，就拎著一個他每次短暫出遊時會帶著的肩包，出門去了。

我心裡其實清楚時間忽然空下來只不過是一種心理上的錯覺而已，雖然暫時不用謄稿子了，也不用照料光一郎，可是五歲的女兒還是很費心力，也有一些不想要交代給小文做，只能趁這樣的時候自己動手的家事。可是光一郎一出了門，我便感覺眼前彷彿有一團灰濡濕霧的雲團，或甚且說是好像好好軒那兒的火災地點的臭焦空氣像是團塊一樣膨脹了起來，讓我無論如何都陷入了一種想把那推開、驅散的意念裡頭。

我在書桌前坐下，面對著稿紙，照著光一郎講的那樣從好好軒的狗寫起。出乎意料，原本還以爲一定很快就會寫不下去了，立刻就會停筆了，沒想到一個字又喚來了一個字似，愈寫愈停不下來，稿紙愈填愈滿。

而且我也照著另一半講的，從母親——而不是小孩的視角寫起。有些地方想儘量跟自己拉開距離去寫，但似乎有時你愈是想拉開距離，那距離卻反而縮得更近，於是轉念心想，反正這一定寫到一半就寫不下去了啦，乾脆放膽去寫自己的心思，但又反而愈寫愈遠了。那些浮現在稿紙上的，感覺既是我，也不是我。我本以爲自己只寫出了自己所知的，沒想到不知何時連沒思沒想的也寫了出來。而一寫出來，又彷彿覺得那些本來就是我所想的。

結果寫了出來的果然是一個充滿了不安的故事。關於好好軒那些狗兒悲慘而陰暗的謠言。心思不知已經飄到哪兒去了的，正喝著蜂斗菜花味噌湯的另一半。電話。對於故事中述說著的女人而言，這不是頭一回碰到的情況。以前老公在外面的女人也曾經自殺未遂過。那時候，述說者女人照著她丈夫吩咐，去了外頭女人的病房，去給那女人付住院費用，去給她遞茶杯、甜食與乾淨的毛巾。這些，大概都是爲了讓那女人知道，那個男人是一個會在這樣的時候派妻子去做這些事的男人吧，爲了令她絕望（而這與其說是述說者女人的心思，更毋寧是她丈夫的心思）。

述說者女人心想，該不會又發生了跟那時候一樣的事吧？反正這是第二次了，我也已經習慣了，她自嘲地想，同時也在意著——可是那個打電話來的女人到底是哪裡的哪個人的「姊姊」呢？姊姊打電話來，現在這是什麼狀況？又是自殺未遂嗎？（上次是醫院的人打過來）還是說……？述說者女人帶著孩子出門買東西。一回神，發現自己竟走進平常不會走的一條小巷弄內，巷弄內有一家看來快垮了的婦產科醫院。婦產科？噢，對噢，也有這種可能性嘛。述說者女人差點想放聲大笑，而事實上，她的嘴角也已經上揚，惹得她女兒一臉狐疑。

另一半忽然去旅行了。後天回去，留下這麼一句。眞的嗎？眞的會回來嗎？述說者女人感到不安，但最叫她不安的，是她連自己到底希不希望他回來都不知道。另一半可能不會回來。另一半可能會從那個「姊姊」或是那姊姊口中的那名字的那個女人那邊回來。但是在回到我的身邊之前，另一半也許就已經先被嗜血的大麥町給襲擊、殺害了。她自己到底希不希望變成那樣呢？述說的這個女人，果然還是連自己也不明白……。

光一郎當然回來了。

就像他說的，兩天後的早晨。

正在每星期會來三次、停在四號棟前面賣魚的小貨車前買魚時，他忽然揮著手就走了過來。一臉颯爽。哎唷～，這位先生，您大搖大擺這樣混到早上才回家啊？賣魚的大哥開玩笑鬧他，光一郎回，我才沒大搖大擺咧，我可是鬼鬼祟祟回來的。

今天有什麼啊？光一郎湊近低頭認真瞧著那些擺在貨台上的魚鮮。這人根本不管什麼魚都只看過魚被煮好後的樣子，但還是饒有興致地猛歪著頭左看右瞧。我已經買好了馬頭魚跟沙丁魚，在他要求下又買了鮭魚頭軟骨跟海膽。我家這口子啊，只要一看到賣家在那邊，就會忍不住想讓人家開心，而不是真的想買。他這一點，我很喜歡。還有其他一些我也很喜歡的，或許這就是我這個人的不幸之處吧。

他幾乎沒談起這趟出門時候的事。平時他總是會真話假話摻摻拌拌，興匆匆聊幾句出門時吃過了些什麼呀、又看見了些什麼、路過的人講了些什麼樣對話。我問他這趟去了哪兒，他說秩父那邊，沒什麼興致地答。我沒有去過秩父，無法想像另一半在那塊土地上時的模樣。有靈感了嗎？我改問。沒有呀，就寫不出來呀，不曉得怎樣就是提不起勁，結果也沒到處走。光一郎這麼回答。

天氣很好，於是我曬了馬頭魚骨。稍微烘烤一下後拿去熬湯，加進豆腐跟青蔥煮成了湯品。魚肉則用昆布包著入味。鮭魚頭軟骨跟海膽也取了一些來用。另外還有加了很多生薑煮成了當座煮[2]的沙丁魚。芝麻菠菜。給孩子吃的，則另外炒了馬鈴薯跟香腸。這些就是那天的晚餐。

「噯，這湯好喝。」

光一郎喝得津津有味。

「我這一趟完全沒有吃到什麼好吃的。人果然就是要吃好吃的才行哪。海里，妳知道什麼是好吃的東西嗎？」

香腸～。海里這麼回答，我們全笑了。

註❷：以酒、砂糖、醬油煮得甜鹹、可稍微保存一段時間的料理。

「好吃的東西哪，就是認真做的東西啊。一般人跟那些捕魚的、種菜的，大家認真種、認真捕，然後想，唔，怎麼樣才能把這些東西煮成好吃的菜呢，這麼樣認真奮力做出來的就是好吃的菜。認不認真跟賣不賣力是心態的問題，跟價錢沒關係。有時候就算走進一家看起來好像很高級的店，要是店家不認真做，端出來還是會讓人生氣唷。」海里聽得茫然，光一郎這哪是在教小孩，他是在講給他自己聽吧？他少年時困頓，有時候還得空腹餓肚子，現在能夠靠自己賺的錢吃想吃的東西了，他有時候還是會不知道該怎麼面對如今這生活。

不過至少他看起來比出門前好多了，多少恢復了一點平日的樣子。開開心心要我再幫他添湯、讚嘆用昆布入味的魚好吃、鮭魚頭軟骨與海膽都很鮮美，吆喝著要大家都吃、都吃，甚至還伸出筷子去夾海里盤裡的菜，感覺有點太鬧了。不過總之先前讓他煩心的事，現在看來是解決了吧？我心忖。不過接下來就要截稿的小說，他打算怎麼辨，那可就不知道了。

今晚餐桌旁，毋寧我才是那個心不在焉的人。馬頭魚煮的湯跟用昆布入味的魚都做得極好，可是我卻像發燒一樣吃得沒滋沒味。我擔心自己會不會講了太少話被人狐疑，便隨口講了些可有可無的。

因爲我的書桌抽屜裡頭躺著四十二張剛寫好的小說。我正在迷惘，不曉得該不該拿給光一郎看。

結果我還是拿出來讓他讀了。當晚只剩下我們兩個人時，我終究還是拉開了抽屜。

一把東西拿了出來，才發現我自己搞不好只是裝作猶豫，其實眞心想讓他看。光一郎坐在沙發上看著時，我在飯廳裡頭看書，但是什麼也沒讀進腦子裡，一直懸著一顆心。

「喂——」。

光一郎喊。嗯——？我應。妳來一下嘛——，他說。於是我走過去。

「很有趣啊。」

他這開口第一句話，比我想像得更靜。

「嚇了我一跳，妳眞能寫，果然能寫。」

他繼續說。

「我本來沒想到妳會寫出這種的，眞的被妳嚇到了。不過妳果然有寫小說的才華呀。」

他仍然繼續講，而我仍繼續等待。我不是不滿意他稱讚我小說寫得怎樣，而是我更想知道他對於我寫的東西有些什麼反應？

「唷唷唷——，眞的輸給妳了，妳是眞厲害呀，不愧是我老婆——」

光一郎一把把我往他拉去，嘴巴嘟了上來。我嚇了一跳，海里跟小文應該都睡了，可是光一郎從來沒有想要在臥房之外的地方做，要是不小心被小文撞見了，眞不曉得之後會被講成怎樣。我試圖拒絕，但拒絕了一半就放棄了，所以這就是光一郎的「反應」？又或者，是他給我的一種「回覆」？

於是我就這麼任憑自己的丈夫索求。一邊察覺到，自己已經放下心來了。察覺到，自己所期待自己另一半的其實正是這樣的反應？我心想我還是可以繼續當他的太太，而決定這一點的，不是他，是我。也或許是他把這詭計拋向了我，而我接受了下來，或許。

隔天光一郎罕見地說要跟我一起帶海里去上學。

海里可能因爲這樣，說想走好好軒前面那一條。於是我們一家三口，海里走中間，手牽著手出了門。

「妳昨天那篇小說——」

一走出家門，光一郎立即開口，我於是意識到原來他是因爲這個才跟著來。

「明天給Ｇ誌用好不好？我完全寫不出來呀！跟他們講好給五十張，不過稍微少幾張應該沒關係。妳那篇，他們應該也會很喜歡。」

「可是……」

「當然可以用妳的名字發表，我會跟渡邊說啦，就當成新進作家的短篇刊出來。」

快看見好好軒之前，已經先聞到了焦臭。海里誇張地動著鼻子。

我只想了一秒鐘。

「用你的名字刊吧——」

「妳要這樣啊？」

光一郎似乎已經預想到了我會這麼答。

「是啊，這樣比較好。我才不想當小說家呢。」

「那就這麼辦吧，一定會吸引很多書評的。大家都以爲是我寫的去評，一定會很有趣。」

這話也感覺好像預先想好的，眞是，根本就不會有什麼問題呀。我沒出聲地這樣跟另一半說。我除了當你的妻子之外，我什麼都不想當啊。

海里握著爸媽的雙手力道變強，我們已經走到了好好軒前面。別怕別怕，那些壞狗狗要是來了，老爸會對付牠們！光一郎這樣跟女兒信心喊話。才不是壞狗狗呢，是很可憐的狗狗——，海里這麼應。

小説家の一日

沒有什麼事情有問題

昨天好像一不小心就睡著了。

推特上只打了一個「莎」就上傳，完全不記得自己本來要打什麼。

柚奈發覺這件事是在去上班的電車中。她佔好了一個車門旁邊，不用擔心會被從身後偷覷的位置，開始看起了手機。「莎」是什麼？不過感覺滿有意思的，乾脆就留著。反正這個烏納烏納（@unauna）是個匿名帳號，公司同事跟朋友們都不知道。柚奈喜歡做甜點，爲了追蹤一些會上傳看起來很好吃的點心跟食譜之人，才開了這個帳號。她自己是從來不發文的。追蹤她的人有些是因爲她追蹤對方，所以對方也追蹤了她，還有些根本不認識的不曉得爲什麼也忽然按下追蹤，現在有三十二名追蹤者。看見那數字，柚奈心想，啊，跟我年紀一樣。不過正確來說，明天她才會變成那個歲數。

柚奈在一家大型出版社的書籍編輯部門上班。以編輯部來說，今天十點就出勤算是有點早。十一點半起，有個令人鬱悶的會。她在自己桌前整理一些事務工作時，今天會一起去開會的另一名隸屬於文藝雜誌編輯部的小田祥子過來找她。

「晚點那件白川小姐的事……」

小田是一直在文藝圈耕耘的資深編輯。

「等一下讓妳開口好不好？」

「嗄……，呃，好啊，我也這麼想。」

柚奈回。她本來以爲小田應該會自己跟她講的，她其實也這麼期待。

「太好了，反正那單行本原本就是妳的工作，而且妳跟她往來比較久，妳來講，她應該也比較能接受吧。」

好，那就這麼決定囉~。小田說完了閃人。原來她不是來拜託，是來確認的啊？柚奈忽然沒勁再繼續原本的作業，百無聊賴拿起手機，點開了推特。那條「莎」的推文還是沒有人回應。柚奈盯著那個字看了一下，又放下了手機。

白川沙穗是與柚奈同年的小說家。快十一點半時，櫃檯通知她人已經到了，於是柚奈下樓去接她。沙穗今天穿了一身清爽的藏青色襯衫洋裝，而不似平常那樣穿得像個牛仔褲少年──應該是因為她們約好開完了會後要去吃好一點的餐廳吧──揚起一臉笑地揮了揮手說「好熱啊」。柚奈有點不知道該怎麼也對她揮揮手。她一定滿心以為今天是為了要討論她第一本單行本的出書事宜而開會吧？這一點也不奇怪，因為她們已經花了半年，把沙穗刊登在雜誌上的稿子仔仔細細改了半年，連柚奈本來也以為頂多就是首印量少一點，沒想到竟然連出書都沒辦法出。

小田已經先在接待室裡等了。兩人並坐，面朝著沙穗，等助理人員端來了茶水，柚奈便開口──

「我們也很努力，可是就是沒辦法說服行銷。他們說什麼就算發行數量壓得很低，也很難賺到利潤。對一般大眾來講，現在您還沒什麼名氣，通常像這樣的作家要出書，如果不是有哪篇作品被提名了獎項，就是有很多人寫書評介紹，掀起了話題，否則沒特別能夠吸引人的優勢的話……，目前情況比較困難。這是整個大環境的問題，其實應該要想辦法……」

白川沙穗默不吭聲。剛才她進來會議室在沙發上坐下時還很明亮的表情已經黯淡了下來，此刻已像一張撲克牌一樣。

「所以已經決定了嗎？」

柚奈一講完，沙穗便問。柚奈正躊躇著該怎麼回答，小田已經先開口——「是的，眞的很抱歉」。

「意思是，跟我的稿子怎樣沒關係，而是現在出版我的書沒有利益可圖，所以你們沒辦法幫我出書，是這樣嗎？」

是的，很遺憾。小田又答。

「橋本小姐，很奇怪耶——」

「咦？」

柚奈詫訝地抬起頭來。

「妳這種時候突然改用敬語耶。我們一直以來都像朋友一樣講話，根本不用敬語的。」

在公司附近一家平常午餐去的話算是價位設定得稍微有點貴的和食店裡預定了三個位子。但是白川沙穗臨時說她不想去。原本已經約好，但她既然說「沒心情吃」，也不能硬拉她去。

於是三人便在公司前面解散，只有柚奈與小田兩個人去。一到了門口告知原本訂的三個座位要改成兩個的時候，店家忽然說這樣沒辦法給她們桌位，因為「有些客人在門口排隊，如果讓她們兩個人用四人桌，會被客訴」。跟在店員之後出來的老闆娘跟她們解釋的口氣更像在說教，而不是表達歉意——「現在什麼都會被立刻寫在網路上，我們也得看情況啊」。店裡頭的客人們有些從座位上有意無意地往她們飄去了眼光。店家甚至說，沒事先連絡要改人數是她們的錯，如果一定要用餐，請她們在門口排隊。小田氣極了，說那就不用了。

「爛死了，以後絕對不會再來這家店！」

一走出了店門，小田馬上發洩。

「現在呢？」

「去別家店吧……？」

「我不太舒服，我看我們今天就這樣吧，可以嗎？」

「啊……，當然哪。」

柚奈趕緊說。原來「現在呢？」是這個意思啊？其實柚奈也很想要自己獨處，可是竟然被對方這麼直白地表示對方也是同樣心思，聽了多少還是有點受傷。

「那就這樣啦。」

六月初，一個沒下雨也沒放晴，但卻濕度高得令人不快的日子。一下子就轉過身去邁開腳步的小田，到底是要走去哪裡？也不能跟她同方向，就只好往公司那方向走了。現在這時間，熱門一點的店大概哪裡都要排隊，現在再去找看看有沒有哪裡不用排隊也太累了。於是柚奈乾脆走去超商買了個三明治跟蔬果汁，回去公司。

柚奈在自己桌前無滋無味地吃著既不覺得好吃也不覺得難吃的餐點。「沒心情吃飯」這一點，她其實跟白川沙穗一樣。她現在不曉得人在哪裡、在想什麼？柚奈想起她說「妳這種時候突然改用敬語耶」時的表情。

沙穗是柚奈第一位負責的作家。那是她畢業後進入出版社，在女性雜誌編輯部待了兩年後終於剛被調到嚮往的文藝雜誌編輯部時。那時白川沙穗已經在幾年前拿過了其他出版社的文藝雜誌新人獎，得獎的作品當時也被出版了。雖然沒有掀起太大話題，不過柚奈很喜歡那篇小說，所以去拜訪了她，想跟她合作。

之後柚奈在文藝編輯部時，沙穗在他們文藝雜誌上只發表過一篇中篇小說，依然沒什麼人注目。那時間點上，做爲一個小說家，白川沙穗差不多已經要在沒什麼人矚目的情況下，在業界內被遺忘了。柚奈雖然爲了她下一篇作品跟她開了很多會，可是沙穗已經喪失自信，陷入了混亂，所以沒進行得很順利，情況就一直那樣。後來柚奈被調到書籍編輯部後負責接手沙穗的人正是小田。那之後，沙穗在他們文藝雜誌上連一篇作品都沒登。不擔任沙穗的責編之後，柚奈就沒有再看到或是再聽到那名字了。老實說，她也實在忙得幾乎忘了這個人的存在。就在這時，沙穗主動連絡了她。說是她在地方同人誌上發表了兩篇作品，問柚奈可不可以連同之前她負責的那篇中篇，集結成書出版？而柚奈讀了後也覺得可以……，不，現在想想，好像應該說是柚奈本身就希望能把它們編纂成書。於是她回了信。之後兩人隨著改稿來回，又回到了「像朋友一樣講話」的關係。

柚奈吸了一口刺進了紙包裝裡的吸管，窣——！地發出了好大一聲。完全沒感覺到自己喝了，卻已經喝光了？喉嚨還是好渴啊，柚奈覺得三明治的麵包好像梗在胸口上一樣。

她走去茶水間，用茶杯咕嚕嚕喝了自來水，接著回去桌前，打開了手機上的推特，打了個「喲」，按下了傳送。「莎」的下一個當然就是「喲」啦。雖然應該誰也不會注意到。

下午兩點外出辦公。在電車中接到了阿毅的 LINE。說是臨時有工作進來，晚上約會要先取消，還附上一隻豬下跪的貼圖。阿毅在同一家公司的週刊編輯部上班，工作不規律，常有這樣的情況發生。明天柚奈生日他剛好有事，所以兩人約了今天。沒辦法。他也很無奈吧。柚奈回訊息，寫說「知道了，你工作結束後打個電話給我」，還附了一個竹內力雙手比出愛心的貼圖。

阿毅是在兩年前，柚奈剛被調到書籍編輯部門時參加了公司內部聯誼活動時認識的。聯誼前她就已經知道了這個比自己大四歲的阿毅的樣貌跟年紀，對他有好感，所以兩人真的約會時柚奈很開心。關係進展得很順利，彼此都忙，但都會擠出時間來每週見個一到兩次，在其中一人的房間共度。雖然可能不是馬上，可是柚奈覺得幾年後兩人大概會結婚吧。只要其中一人沒有忽然掛掉或是喜歡上別人，兩個人應該會走上婚姻那條路。那樣最好——柚奈心想，至少我很確定我應該是不會喜歡上別人的（會不會猝死就不曉得了），所以說，我應該是愛著阿毅的。雖然這結論好像有點忽略了什麼，或是刻意繞過了什麼的感覺，但是柚奈這樣想，也覺得安心。

在表參道車站下了車，走青山通。沒有半點兒風，酷暑依然逼人。大馬路後頭的第一條巷內，一棟窄長五層樓建築的頂樓便是裝幀家金頭一夫的工作室。

「辛苦了～」

工作室助理小姐把自己帶進裡頭後，朝著工作桌、背對著自己的金頭揚起了一隻手來招呼。他是個五十五歲左右的裝幀大師。柚奈一如往常地坐在邊角的沙發上等候。助理端了冰咖啡過來。一個二十五歲左右的漂亮女孩，上回開會時才初次見面。之前是另一位助理，也是二十五歲左右的漂亮女孩。金頭的助理總是女孩，而且經常換人（所以柚奈根本記不住名字）。端來了冰咖啡後，又過了半晌，那位助理又端來一個盛著餅乾的小碟。柚奈忍不住睜大眼睛打量她。這一打量，那女孩輕輕吐了句「眞是不好意思」，是對於金頭把她晾在那邊讓她等那麼久表達歉意吧，但是柚奈反倒在心底問了她一句：「一切都還ＯＫ嗎？」

金頭的性騷擾在業界裡是出了名的。以柚奈來說，當初一開始當書籍編輯，委託金頭裝幀時，金頭便不斷邀她去喝一杯。有一次實在是拒絕不了，去了，沒想到居然在餐酒館的吧台桌下被摸了膝蓋。隔天柚奈煩惱了半天後，寄出一封郵件告訴他「請您以後不要再那樣了，非常不愉快」，之後便沒再接過金頭的邀約。那次之後，金頭就算碰到柚奈也總是裝作好像沒那回事，也不會特別臭臉，但就是會像今天這樣，明明已經在約好的時間來了卻被晾上三、四十分鐘，有時還得等上一個多小時。

「抱歉抱歉，讓妳久等了——」

結果過了差不多五十分鐘，金頭一臉根本也不覺得歉疚的表情走了過來。今天是要跟他討論某位中堅作家的單行本裝幀。金頭已經讀完小說草稿，委託了幾位插畫家就小說意象設計了封面，這會兒，一邊跟柚奈翻閱那些插畫家的彩圖，一邊討論。

如果可以的話，柚奈其實不想跟這個人合作，可是金頭偏偏就是很會設計能一眼吸睛的裝幀設計，也拿過好些設計獎項，時常有作家指名要他，根本迴避不了。而且老實說，這人工作上是還滿精準的，開會討論時總是非常認眞的表情。柚奈心想，人眞是非常奇妙的生物耶，而同時她也想，如果今天討論的是白川沙穗的書籍裝幀就好了。如果能幫沙穗出書，那裝幀委託給金頭好像也不錯。跟他開一些會仔仔細細討論過，扎實地想點精彩的書腰文案，做一本好書，讓沙穗開心到歡呼。她想要那樣。

「噯，對了……，出了麻煩事了噢？」

金頭在兩人決定好當天應該定案的內容，柚奈正要告辭時這麼說。

「妳還沒看到嗎？這個啊。那個叫做白川沙穗的作家，妳也認識嗎，橋本小姐？」

他打開手機上的推特，把螢幕秀給柚奈看。

白川沙穗用眞名開了推特帳戶。好像是今天跟柚奈還有小田告別後馬上就開的。

白川沙穗@ sahoshirakawa

今天被叫去了景星出版社，說「妳的書我們沒辦法出」。花了半年時間把在雜誌上發表過的小說不知道改過了多少次之後。說什麼我的小說沒辦法給公司帶來利潤。要是這樣眞希望半年前就告訴我。

#景星出版#新進作家殘酷物語#徵求你遇過的殘酷物語

白川沙穗@ sahoshirakawa

這半年來爲了專心改稿，連打工都儘量少排。也不敢奢望首印量就要印多少，但一直相信這本書的出版會爲我帶來新契機。責編也說很喜歡我的小說，這半年以來一次都沒有提過可能不能出書的事。

#景星出版#新進作家殘酷物語#徵求你遇過的殘酷物語

白川沙穗@sahoshirakawa

一直說什麼沒辦法說服行銷部門，也沒提任何替代方案、沒有任何關心。單方面把我叫去出版社，然後告知結束。我都已經呆掉了，還跟我說已經預約了好吃的餐廳，一起去吃午餐吧。有沒有神經哪？

#景星出版#新進作家殘酷物語#徵求你遇過的殘酷物語

白川沙穗@sahoshirakawa

我覺得我心已經死了。感覺眞的再也爬不起來了。#景星出版

#新進作家殘酷物語#徵求你遇過的殘酷物語

今天才開的帳號，已經有了六十八人關注。最初那則被轉推了十三次，超過一百人按「讚」，也被轉發了十幾次。大多數推友看見標籤產生反應，寫下自身經驗。不是什麼也碰過一樣的鳥事，就是更慘的。標籤裡也公開標示景星出版這個公司名稱，所以也引來了一些誹謗中傷公司的推文。整體來說，還不算是被「擴散」的程度，只是那些追蹤了「#景星出版」的推友應該也會看到那些推文吧（所以金頭才會知道）。就連柚奈還在看的時候，「轉推」跟按「讚」數也一直增加，可能會愈鬧愈大。

柚奈一邊思忖不曉得該不該跟上司報告，一邊回去公司。一回到了公司，小田好像已經等了很久似馬上朝她走來。她已經知道了白川的推文，說負責的部門正在思考如何對應。

「總之妳先打個電話給她好不好？我打她一直不接啊。」

於是柚奈撥了電話。剛才她搭電車的時候其實就已經想打，可是一直提不起勇氣。這會兒在小田注視下，撥了白川沙穗的號碼。果然沒接。好像關機了

「好吧，那妳可不可以寫個郵件給她……算了算了，還是我寫好了！」

不曉得為什麼會變成這種情況，忽然間就被從這起事件中排除了。是因為反正她打對方也一樣不接，根本就沒有用嗎？柚奈回到了自己桌前，一邊整理手上工作，一邊又撥了幾次電話試試，可是沙穗依然關機。要改寫郵件嗎？但小田都刻意說「算了」，是不是不要寫比較好？沙穗在那四則推文裡所抨擊的，應該算是柚奈而不是公司。

「責編也說很喜歡我的小說，這半年以來一次都沒有提過可能不能出書的事」是事實，甚至柚奈當初讀完了第一次完稿的時候，還因為

「想馬上直接跟妳說而不是寫郵件」所以直接撥了電話給沙穗，稱讚她寫得真的很好。兩人甚至還小小慶祝了完稿。就在沙穗住的下北澤附近一家西班牙酒吧裡，兩個人興高采烈地討論裝幀要怎樣的風格，回家前還擊了掌。就是這樣的我，竟然「單方面把我叫去出版社然後告知結束」，而且「我都已經呆掉了，還跟我說已經預約了好吃的餐廳，一起去吃午餐吧」。

柚奈無法專心工作，拿出手機打開推特。沙穗的推文還依然留在剛才那四則，沒有增加，只是一直被轉推跟按「讚」。不曉得沙穗有沒有在看？她沒打算理那些轉推嗎？回文裡也有人說「出版社也得賺錢，不賣的作品，不出是正常的，不要太幼稚了」。不曉得沙穗有沒有也看到這種回文。她發完了推後就不看了嗎？她現在到底人在哪裡。

柚奈也看了一下自己的帳號。

烏納烏納 @unauna

莎

烏納烏納 @unauna

喲

柚奈又繼續打了一個「娜」，發文。

烏納烏納 @unauna

娜

接著整理了一下東西，起身離開座位。

她去過一次白川沙穗的公寓。

兩人重新連絡，開始準備出書的時候，有一次沙穗約她，說她老家寄來了很多羊肉，要不要去她家吃烤羊肉？好啊好啊，當然去呀。柚奈也沒客氣也沒猶豫，爽爽快快就去了。

此刻，她站在這棟東松原地區的集合住宅前。沙穗的公寓就在這棟說好聽算是復古，其實屋齡大概應該有五、六十年的四層樓房公寓其中三樓某一間。她根本不知道她在不在家，只是她必須來，不得不來。沙穗那則「我覺得我心已經死了。感覺眞的再也爬不起來了」的第四則推文，讓柚奈心底很不安。

這棟公寓沒有電梯，只好走上微暗的樓梯。外頭還很亮，可是這棟被包夾在新公寓之間的舊公寓，走廊上已經亮起了慘白的日光燈。就在那走廊一半的地方，漂來了一種類似中餐館後門的那種味道。沙穗房間面朝走廊的窗戶後頭亮著燈。柚奈按下了電鈴。

穿著上下一整套運動服，一手拿著罐裝啤酒的沙穗出來開門。一看見是柚奈，臉上訝異，接著板著臉問她：「要進來嗎？」柚奈點點頭。那股中餐館的味道似乎就是從這房間飄出去的，房裡看起來不像有別人在。

一房一廚的空間內部看起來跟之前來的時候沒什麼改變，跟那時候一樣，後頭房間擺了張小茶几，上面放了一個跟桌面差不多一樣大的烤盤，正烤肉烤得滋滋響。柚奈意識到了，啊，這也跟那時候一樣。那時候吃過的醃了醬料的羊肉。忽然有個冰涼的東西碰了碰自己手臂，柚奈嚇得回頭，看見沙穗正往自己遞出了一罐瓶酒。

「要喝吧？」

「可以嗎？」

「當然可以呀，不喝妳幹嘛來？」

於是柚奈便與沙穗在小茶几旁邊面對面坐下。房間很小，所以像是被包夾在床跟小茶几之間一樣坐著。那張床上，攤著沙穗今天上午穿的那件藏青色洋裝，看來是脫下後捲成了一團就扔在那裡。她把烤盤上烤得焦黑的肉一片片夾起來放進自己盤裡，再放上新的肉，不曉得已經這樣烤多久了，至少從旁邊亂七八糟的空罐子看來，是已經喝了好幾罐啤酒。柚奈一拉開了罐裝啤酒拉環，沙穗便單手伸出正喝到一半的啤酒，說聲「乾杯」。

「對不起……」

柚奈用跟罐子碰罐子差不多的音量說。

「我又沒想要妳道歉。」

沙穗說，把肉翻面。抵著烤盤那一面的醬汁已經烤焦了，飄出了很濃的味道。

「可是妳不是很生氣嗎？」

「妳看了我推特？噢，所以妳才來嗎？公司叫妳來的啊？」

「不是啦，人家是擔心妳啦……」

「怕我尋死啊？」

「妳好歹接一下電話好不好？」

「我忙著烤肉啊——」

「我眞沒想到妳在烤肉。」

哈哈哈——沙穗笑出了聲。柚奈眞不曉得該對那張笑臉懷抱什麼感受。妳吃啊！吃啊吃啊。於是柚奈把肉從烤盤上夾到自己碗中。烤得太焦了不好吃，上次來時吃到的比這次美味多了。

接著兩人就這麼默默吃了一陣。配肉的啤酒很快就空了，沙穗留意到，又去拿了第二罐來。謝囉——。柚奈一伸出手，沙穗忽然把啤酒罐拿開，說「妳不講敬語了啊」。

柚奈沒回。接著沙穗又把啤酒遞給她，她於是接了過來，但沒拉開拉環，只是擺在膝蓋旁。

「幹嘛？又要回到敬語模式了嗎？」

沙穗調侃。

「有什麼辦法，我是上班族啊——」

柚奈回。肉依然在烤盤上烤著。好重的味道。烤盤電源應該要關了吧，可是那應該是沙穗的工作？

「就跟妳說了呀，我真的努力過了，可是就是不行嘛。被人家說那種小說現在不賣，妳還能怎麼反駁？我說妳自己也要加油啊，不要老寫一樣的東西嘛——」

沙穗一臉像是被人賞了巴掌似的怔怔望著柚奈。柚奈很懊惱自己爲什麼要講那樣的話呢？她明明就是擔心沙穗才來的。她明明那麼喜歡沙穗的小說。

沙穗輕輕伸出手，關掉了烤盤電源。柚奈站起。

外頭已經完全暗了下來。柚奈一直小跑著，跑過了因爲餐飲店燈光而更顯得猥雜的通向車站的道路。就算現在，她也感覺好像馬上沙穗就會從身後一把攫住她的肩膀一樣。但同時她也想著，還可以回去、現在還來得及回去！還可以回去跟她道歉，跟她說剛才她講那些話都不是眞心，不夠努力的人是我自己，我應該要更死纏爛打地讓那些行銷部的人回心轉意的。但她也覺得，就算那樣講又怎麼樣呢，那些只不過是好聽話了。講了那些好聽話又能夠怎麼樣？之後只會更慘。

她在月台上等車時手機響起。心想一定是沙穗，心驚膽跳看了一眼，沒想到是金頭。嗳，我跟妳說，現在出了一點問題，妳現在時間OK嗎？我就在妳公司附近，妳來一下好不好？金頭聲音聽起來很不悅，柚奈只好答應他二十分鐘後去他現在待的那家咖啡店找他。柚奈本來想今天就不進公司了，要直接回家，現在又得回去公司附近的車站。到底出了什麼問題呀？他口氣那麼差是前所未見。可是柚奈也有點感覺好像不是工作上的事……。總之現在只能去一趟了，今天還無法結束。

那家店算是比較新的一家店，常從前面路過，但還沒有進去過。比較算是兼賣餐點的小餐館，而不是單純咖啡店，到時已經有好幾組客人坐在面朝馬路的寬敞空間裡用餐。一放眼望去，沒看到金頭，她跟服務生講了金頭的名字後，被帶去後頭的小房間。這家店好像有一間包廂，那間包廂的門此刻關著。服務生說「在裡面」，示意柚奈開門。她在打開門前一瞬間，腦中閃過一抹猜疑——該不會門後有張床，金頭現正半裸躺在那床上等她吧？會不會整家店的人都跟金頭串通好了？

「生日快樂——！」

迎頭響起了歡呼與拍手、拉炮的響聲，沒有床。不怎麼大的房間裡，正中央桌子上擺了沙拉跟披薩，牆邊沙發與椅子前站著十來個認識的臉孔正在拍手，都是公司內的好朋友。阿毅也在。金頭也在。

柚奈當下就明白了眼前情況。這是阿毅策劃的驚喜啦！說什麼今晚有工作進來，都是騙她的，大概他也找金頭插了一腳吧。

「啊——！討厭！嚇死我了！」

柚奈說，完全沒察覺耶——她也加了這麼一句。她知道包含阿毅在內，在場所有人都期待著她這麼說。接著派對開始。驚喜的瞬間圓滿達成後，再來就是吃吃喝喝隨意放鬆。她跟同部門同事還有一些一陣子沒見的同期進公司的朋友陸續講了話，聊天內容中也出現了白川沙穗的話題。已經有幾個人知道了推特那件事，說那四則推文已經刪除。是在柚奈離開那房間之後就馬上刪掉，還是過了一會兒才刪的呢？柚奈在心底狐疑。阿毅和金頭正聊得熱絡，這會兒她才想起還沒有跟阿毅說過那件性騷擾的事呢。明明是自己男友，到底爲什麼沒講？因為已經過去了呀，而且感覺好麻煩，也擔心他不知道會有什麼反應。金頭意識到了她的視線，笑咪咪朝她揮了揮手，她也回應揮了揮手。過了今晚，性騷擾那件事搞不好就變成不曾存在了。

包廂的燈忽然暗下，響起了標準流程的生日快樂歌。服務生端著插上了蠟燭的蛋糕進來。柚奈一吹熄蠟燭後電燈又馬上亮起，來參加派對的朋友們開始獻上各自帶來的小禮物。最後一個是阿毅，他走到柚奈面前——

「對不起，我沒準備生日禮物……」

他在柚奈面前單膝跪下，遞出了一個鋪著天鵝絨的小盒子，盒中有只戒指。

「妳願意嫁給我嗎——？」

「願意。」

柚奈一回答，馬上響起了歡呼聲與掌聲。不曉得是誰在哪裡操作，也響起了婚禮進行曲。柚奈與阿毅在大家起鬨下輕輕接了吻。這眞是超乎生日驚喜的驚喜啊！眞沒想到自己這樣決定出嫁了。被設計了一個這麼樣的想拒絕也很難說出口的情況，而阿毅呢，他當然也很確定柚奈絕不會說不好，所以他才準備了這樣一個計畫吧。柚奈當然沒有想過要拒絕，她本來就確信早晚會走到這一步——畢竟她愛著阿毅。

眾人眾口齊聲跟他們道賀。恭喜完了後，又各自在包廂四處散開，開開心心聊了起來。柚奈心底鬆口氣，畢竟一直被揶揄實在是很害羞，而且她也有點不曉得該怎麼面對剛求完婚的阿毅。同時，她也對眼前這種好像極其自然的發展感到有點好笑。這世界就是這樣呀，沒有什麼事情有問題——她心底想。

包廂的包場時間好像快要結束了，聽他們說已經預約好續攤場地，大家魚貫走出了店家。這時，柚奈跟阿毅說要去一下洗手間。

她上完了廁所出來，洗手台處沒有其他人，於是柚奈拿出手機，打開了推特。之前打的那個「娜」，有個追蹤者回應「還好嗎？沒事嗎？」。柚奈又接著打了個「啦」。

烏納烏納 @unauna

莎

烏納烏納 @unauna

喲

烏納烏納 @unauna

娜

烏納烏納 @unauna

啦

接著刪除那個帳號。

「柚奈？啊——，在這兒。」

洗手間的門被打開來，一個同期進公司的同事說「阿毅在等妳唷」，便又走了。洗手間裡又只剩下柚奈一個。她把剛收起來的手機又拿出來，點開推特，重新申請了一個唷奈奈 @yunana 的帳號，走出了洗手間。

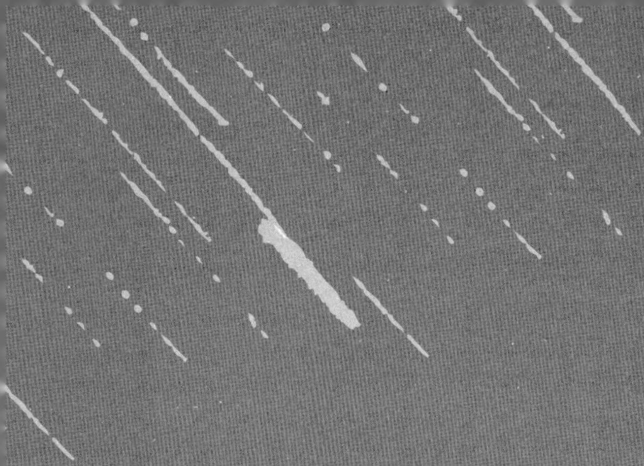

小說家の一日

窗

今天好冷。

東京很暖和喔，冬天也幾乎不用穿外套呢——媽媽這麼說，但是騙人。還沒十二月，只穿上制服的夾克已經會覺得涼了，有些同學已經在制服外面再圍上圍巾、穿上大衣或運動外套。不過自從來到東京後，其實我就搞不太清楚到底冷啊熱啊是什麼樣的感覺了。到底是眞的很熱、眞的很冷，還是只是我那麼以為而已？說起來，我已經連還在長野那時候感受到的冷熱是什麼感覺都遺忘。總之，我不會穿上大衣，也不會圍上圍巾，反正一定會被藏起或是弄髒。

現在都拖到快要早自習了才去上學。今天早上，鞋櫃裡頭沒有異樣。進去了教室後，坐下來前先檢查了一遍自己的椅子——有沒有濕答答、有沒有黏滴滴、有沒有被放了圖釘。坐下來之後檢查抽屜，我忍不住驚呼。裡面有一隻死鳥，好像是鴿子。我就知道，一定不可能沒事的。只是沒想到，竟然是隻死鴿子。我從書包裡拿出黑色塑膠袋，小心翼翼地不要碰到手，把那包起來，推進抽屜深處。咿——！不曉得哪個男同學模仿了我剛才的聲音，引發一陣竊笑。

班導妙圓老師走進了教室，開始早自習時間。他是個差不多四十五歲左右胖胖的男老師，說流感開始了，大家要多洗手、多漱口。規定可以穿在制服外面的毛衣與背心，就算是符合學校規定的藍色、卡其色或是黑色，也要避免上面有誇張的圖案，而且說眞的，那種亮麗的衣服應該留到私下約會還什麼的時候穿嘛。老師這麼講，引發同學們哄堂大笑。他總是講話風格很像學生的朋友一樣，有時還會偷偷講學校壞話，所以很受歡迎。

第一堂課是妙圓老師的社會課，所以早自習後直接上課。剛才看到那隻死鳥被嚇得心跳加速，現在慢慢鎮定下來了。還好有結痂，很厚很厚的結痂。慢慢把我整個人覆蓋住。雖然結痂很快又會破掉，但那上面又會馬上就生出一層新結痂。雖然眼睛看不到，可是那結痂一定長得很醜吧。不過還好有那結痂，我才可以不用產生太多感覺。上課時間是我最能夠安心的時候，因爲頂多只有被點名起來回答時會被小小聲模仿我講話的樣子，被輕聲竊笑而已。

不過上課時間只有四十五分鐘就結束了。下課後，我把裝了鳥屍的黑色塑膠袋拎起來走出了教室。我想把它拿去丟在外面的垃圾桶。可是有兩個男同學追上我，堵在我前面不讓我走。「喂，妳要把那個拿去哪裡呀？」、「把死掉的鳥丟在垃圾桶裡，妳是有沒有神經哪？」他們說著這些，一邊嘻嘻哈哈。我折返自己的座位，把裝了鳥屍的塑膠袋收進書包裡面。我不知道該怎麼處理它——大概是覺得既然不能丟，就只好放進書包裡，總比放在抽屜裡好吧，結果犯了個大錯。

下課時間還剩下差不多五分鐘。剛那兩個男同學很有效利用了這段時間。他們亂吼亂叫地衝過來，一腳踹向我掛在桌子旁的書包就又跑掉了。兩個人就一直那樣衝過我桌旁、踢我的書包、揍我的書包。

我在旁邊一直盯著自己的課桌看。

不要忍，要說出來。

妙圓老師這樣講。他在說尿尿的事。

升上國中時，我跟我媽從長野搬來東京，是去年的事。在那之前沒多久，我媽跟我爸離婚了，於是我們從原本住的我爸老家搬出來，搬來了我媽在東京的娘家。外公幾年前已經過世，所以現在我跟我媽，還有外婆一起住。

來東京之前不久，我開始變得很容易有尿意，很快就想跑廁所。去了廁所又總是只有一點點，但就是很想上。去看過一次醫生，說不是膀胱炎之類的，應該只是精神壓力吧，所以也沒拿藥，也就一直沒好。他們叫我不用太在意，可是我不知道到底要怎樣才能夠不在意。

進入東京這邊的公立國中後，症狀變得更嚴重，可能跟我在這邊沒有認識的朋友，而且東京這個地方讓我覺得緊張有關吧。還在長野念小學時，上課時就算想上廁所，我也敢舉手要求。因為班上同學都是從小就認識的，大家都知道我的症狀，也不會笑我或亂講什麼，頂多就是偶爾有男生拿這事情取笑我，但跟我要好的同學都會幫我。可是我不知道東京這邊的學校是怎麼樣，所以一直忍。剛來的時候都能忍到下課，可是去年六月時我失敗了。下課鐘聲一響，我正站起來要去上廁所時，漏尿了。尿液沿著腿流到了地板上，綿延成了一長線，繼續流往旁邊那男生的腳邊。哇——！好髒啊！這什麼！那個男生大叫。從那一瞬間，我就成了班上的穢物。

「好臭噢——！」

不曉得誰講了這麼一句。現在是國文課。老師好像沒注意到的繼續在黑板寫下「不值一提又不可或缺」，但是教室內四處傳出了竊笑。

「鳥好臭噢！」

又一個誰這樣講。笑聲變大。男孩子的笑聲、女孩子的笑聲。國語老師——一個跟妙圓老師差不多年紀，長了一張馬臉的女老師轉頭過來，問「怎麼啦——？什麼事那麼好笑？」但她自己也稍微笑了，不過看來不是很在意。她要大家一起思考看看，有什麼是「不值一提又不可或缺」的。

我的痂，裂了縫。沒辦法繼續好好被覆蓋在裡面。我開始去想起一些不想去想的事。鴿子的屍體是怎麼弄到手的呢？是剛好看見了一隻死鴿子嗎？還是有誰為了要藏在我的抽屜裡而特地去殺了一隻鴿子呢？書包裡頭的鴿子應該已經軟爛爛了吧？我開始不小心去想像起那個樣子。那已經死去卻又繼續被折騰、脖子歪扭、胸膛碎爛、腳斷掉的樣子。我感覺，好像其實是我自己身上發出了臭味。那隻被殺掉後放在書包裡的破鴿子所發出來的臭味，其實是從我自己身上飄出來的。膀胱開始抽搐。剛下課時因爲沒有去上廁所，現在比平常更急了。當然，我已經不會再憋了，因爲我已經是個穢物，已經不在乎被人笑。我舉起手，開口說──「老師，我想去上廁所」。

「噢──」

老師點點頭。噢──又是妳啊──她臉上寫了這句話。傳出了笑聲。老師也稍微揚起了嘴角。

我在老師們之間，好像已經變成了一個「有病的孩子」。是身體上的病呢，還是心理上的病？還是兩者皆有？我不知道他們是怎麼想我的，但總之他們好像決定好了我是個有點危險的孩子，要小心輕放，萬一出什麼事就不得了了，最好隨便我高興。對，隨便我高興──眞讓人想笑。於是現在，每當我說「我想上廁所」而起身離開教室，就等於說「我要去保健室休息」一樣，已經變成一種默許。

我走到走廊底，走下兩層樓梯後就是保健室。保健室旁邊有個廁所，男廁跟女廁各一間，小小的，門口掛了一個「教職員用／緊急用」的牌子，所以平常學生們不會來這裡上。教職員大概也很少用，只有護理老師跟身體不舒服來保健室休息的學生會用而已。這已經成爲一種共識。

我會來這裡上。我覺得這裡就是我的廁所。我們班上同學大概也全都覺得，啊，那裡就是我——這個間宮薾的專用廁所吧。而且他們還會拿這件事情來取笑。所以大家都避免用這裡。這兒也因此成爲一個能令我安心的一個所在。在踏進保健室之前，我先打開了這邊的廁所門。心底有點顫抖，但跟剛才在教室裡那種心跳加速不同。我趕緊坐下來，在馬桶上尿尿，放鬆了下來後靜靜抬頭望向牆壁。這間廁所沒有窗戶。馬桶前面就是門。右邊是衛生紙架。架子上方則是放備用衛生紙的棚架。左邊牆壁什麼都沒有。可是那個牆壁正中央，畫了一個小小的四方形。

一公分左右的小小的、小小的四方形。那是上星期四我用極細簽字筆畫上去的。那天尿尿完了後，放空了一會兒，百無聊賴望向這面白牆的時候忽然很想畫，就畫了上去了。那天早上，我的鞋櫃裡被塞滿廚餘。我用最近上學時總會帶在身上的黑色塑膠袋把那些垃圾裝起來，沒有走向教室，而直接走來了保健室。所以我身邊才有鉛筆盒能拿出簽字筆來畫。那小小的四方形，是一扇窗。我希望那片牆上有窗。

接著再來的時候是昨天，星期一第五節課。我怔住了。在我畫的那個小小四方形裡面，多了一棵小小、小小的樹。於是那四方形已經不再只是一個四方形了，是一個貨眞價實的窗戶了。不曉得是誰畫的。有人知道了這個四方形是一扇窗。我好高興喔，在那個四方形左上角又畫上一顆太陽。接下來，就是今天。

我心臟撲通撲通跳。又多了一朵小花。就在那太陽的下方附近，好像沐浴在陽光底下正綻放出來一樣。那花真的畫得非常地小，可是我看得出來，那是一朵花。窗戶裡頭變得好熱鬧啊。我來之前把簽字筆放進了口袋裡。我聚精會神，在花朵上又畫下一隻佇留的蝴蝶。牠是那麼樣地小，大部分人看到一定都只會覺得那是一個點或是髒污吧？但對於知道那是一扇窗的人，一定會看得出那是一隻蝴蝶。

離開了廁所後，我走進保健室。

「噢——」

護理老師谷老師點了點頭。這間學校的大部分老師看見我時都會「噢——」點頭。

「身體不舒服嗎？」

「嗯。」

「那請吧——」

谷老師指了指保健床。不曉得是不是覺得她自己說什麼「請」很奇怪，老師的嘴角稍微歪斜。保健室裡有兩張床，床之間用屏風隔開，通常兩張都是空的。我脫掉了室內脫鞋，脫掉了外套，把自己躺進那白色床單與被單之間。不曉得是不是噴了消毒噴霧，寢具有種藥臭味。我感覺自己好像也變成了一張薄薄的床單。

有時谷老師會不管我，就讓我在那裡躺上一個多小時。有時她會提著她自己的摺疊椅過來床邊坐下。今天好像是摺疊椅的日子。反正都一樣，我就是張床單。

「愈來愈常來了耶妳——」

她說。谷老師是個四十出頭左右，眼睛很大很漂亮，一頭短髮也感覺很時髦的人。

「嗯，就覺得很冷。」

我隨口說出臨時想到的話。

「很冷？長野不是更冷嗎？」

谷老師微微笑。我什麼都沒有跟她講過，她就知道我是長野來的，大概是妙圓老師把上頭有我相關紀錄的資料拿給她了吧。第二次來這裡時，她就已經有了那個了，手上拿著那個一邊看著，一邊跟我講話。

「最近感覺不太知道天氣到底是冷是熱……」

我試著這麼說，谷老師呵呵笑了。

「因爲東京很暖哪。不過這個季節，不穿背心也不穿開襟外套的人眞的很少見耶，不愧是在長野長大。」

於是我便覺得什麼也不想說了。可是還是會回應。因爲要是老師覺得我的「病」變得更嚴重了，搞不好會把我媽叫來學校。

妳要是想買穿在制服外面的外套，可以去哪裡哪裡買唷。妳知道

UNIQLO 新出的嗎？谷老師聊著這些。隔壁車站那邊的 UNIQLO 商品很齊全唷，妳可以找朋友一起去逛？好啊。好。我會去。這樣啊？我想要耶。對啊。是啊。好。我回答。三不五時也笑一笑。我感覺自己眞的正在變成床單。或是此刻大概被收在了谷老師桌子抽屜裡的那份跟我有關的資料吧。薄薄的，顏色愈來愈淡的。

那天我沒上下午的課就走了。

午休一開始，我就離開了保健室，先回去教室，拿了書包走人。同學們都正忙著搬動桌子之類，以便吃便當，所以沒人講我什麼，也沒有人撞我，順利離開。

我沿著操場旁邊那條沒什麼車子的大馬路走了五分鐘，來到集合住宅區的大門口。這一片住宅區很大，走到我住的那棟六號樓還要五分鐘。這是一片已經跟我媽差不多年紀的老舊住宅區，我看見外婆正沿著邊緣種了杜鵑花植栽的石片路往我這邊走來。

我大聲喊住正要從我旁邊走過去的外婆。外婆眼睛巴眨巴眨揪著

「外婆！妳要去哪裡？」

我瞧了老半天才說：「我要去接妳呀。」

「那我們一起回去吧！」

我攀住她的手臂，把她整個人調轉方向。她穿了上下一整套灰色的休閒服，外頭套了一件很久前她自己編勾的有花紋的厚開襟外套，腳上穿白襪。沒有穿鞋子，所以襪子已經有點髒了。我配合著她的步調緩慢、緩慢地走，終於走到家。

幫她換好了襪子後，我就一直跟在她身後，生怕她像剛才那樣也沒穿鞋就跑出去亂晃。看來這件事一定要跟我媽說了，雖然我一點也不想講。

快要八點時，我媽回家。我已經像平常那樣煮好白飯，所以三人

配著我媽從她打工的超市帶回來的配菜吃了飯。外婆有時好像會把我跟我媽，還有我媽小時候的樣子搞混，她吃到一半時忽然停下筷子，輪流問我跟我媽──「妳是誰？」我跟我媽輪流回答──「我是小藺哪」、「我是曉子啊」。外婆一副沒轍地點點頭。有時候她不點頭，只是低頭悶悶嘀咕一句「騙我」。

「媽，家裡有沒有什麼繩子之類的？」

一起收拾好了餐盤後，我問我媽。外婆這時候已經在客廳電視機的前面睡著了。

「繩子？要幹嘛？」

我媽一問完馬上就警覺她自己好像問了她根本不想聽的事一樣，皺起了眉頭。我說出外婆沒有穿鞋子就跑去外面晃的事，還好被我看到，否則不曉得會走去哪裡走丟了。不過我當然不能說出自己下午蹺課，所以隨便搪塞了碰到外婆的時間點。我說門就算上鎖，外婆自己也會打開，要是我跟我媽半夜睡覺的時候她自己開門溜出去怎麼辦。所以我想要找看看有沒有什麼繩子之類，把門綁好，讓她沒辦法自己開門出去，這樣比較放心。

「啊——，這一天眞的來了啊——，討厭。」

我媽沉沉嘆了一口氣，雙手摀住臉。外婆是從今年初才開始變得有點奇怪的，一開始，她只是偶爾會好像魂不曉得飛到哪裡去了一樣，那時我跟我媽都還可以說服自己，她只是年紀大了，精神有時候會比較差，但是現在，我們已經無法自欺欺人了。就跟我的事一樣。於是我跟我媽開始思考對策，或說……我們就只是先想個能暫時擋一陣子的權宜之計。

玄關門照著我的提議，用塑膠繩繞過門把跟釘在牆腳板上的釘子之間，然後綁起來。雖然這樣外婆還是可能自己把繩子解開來跑出去，可是並沒有那麼容易，她鬆開之前，我跟我媽應該就會警覺到了。繩子綁得非常緊。我半夜自己看著那個，心想，糟糕了。

我花了好一番功夫才把自己扎實綁好的繩子解開。我輕輕轉動了門把，走了出去。半夜三點。我剛確認我媽跟外婆都睡沉了。可是就算只是鬆開來一會兒，外婆還是有可能在這段時間溜出去，所以我一點都不能輕忽大意。

我打開耳朵——萬一外婆跟上來時才能發現，躡手躡腳悄悄走下了樓梯，手上拎著裡頭裝了死鴿的塑膠袋。我想把它丟在外頭的公用垃圾箱。不過走到一樓時，我改變心意了。扔進垃圾箱裡未免太慘。

我在建築物入口附近的陰影中蹲了下來。把鴿子埋進了植栽根部。

星期三。學校抽屜裡被放了幾張紙。

上頭印了班上同學 LINE 群組上的一些對話截圖。我有手機，也常用 LINE 跟我媽連絡，可是我沒有加入這個班上群組，其實我根本就不曉得有這個群組。

第一張紙上的圖印得很大。是我的臉部照片（好像是從開學典禮的照片上裁下來的）還有已經糊爛成一團的鴿子照（到底是去哪裡找到這種？）拼貼在一起，再加上手繪漫畫搞成的一張我正在開心不已地吃著鴿子的拼貼。我臉上還畫了個對話框，寫著「好好吃啊～」。第二張跟第三張則羅列了一些班上同學看到這張圖後的發言跟貼圖。「www」、「好噁」、「看來就會吃的樣子」、「今晚也多謝招待了♪」、「每天都想吃♪」、「老師，我想去上廁所～」……。大笑的豬隻貼圖。點頭的小狗貼圖。嚇傻的小鳥貼圖。

「老師，我想去上廁所。」

今天一舉手這麼說，全班響起了比平時更響亮的笑聲。安靜！安靜！響到要老師出聲制止。第三節課的上課時間。我走向了保健室，平時用的那間廁所，今天女廁有人在裡面。

我坐在保健室的床上等。心口有點忐忑。不是因爲尿很急，而是掛心著那扇窗戶圖。結果這麼一來，尿意反而沒那麼迫切了。有人打開了保健室的門，不曉得誰走了進來，在屏風另一側的床上坐了下來。「肚子好一點了嗎？」谷老師問，我聽見一個女孩子聲音回答——「嗯」。

我起身走去廁所。保健室的門在屏風的這一側，所以我沒機會看見隔壁女孩子長成什麼樣。廁所沒有人用，我打開門，在馬桶上坐下來之前看了一眼壁面。那小小的窗戶中，太陽正發出光芒閃耀。在我畫的那顆太陽上面，又多出了好幾道象徵光芒的線條。我在那太陽的旁邊空白中，畫下三座相連的山。

回到保健室時，稍微瞥見了隔壁床那女孩子的身影。她正坐在床上，跟谷老師講話。我沒有勇氣仔細看，只用眼尾瞄了一眼，不曉得她到底長成什麼樣。但確定不是我們班上的同學。我聽見谷老師說「隔壁車站那邊的 UNIQLO 商品很齊全唷」，跟著聽見那女孩子回答「好。我會去」。

我在床上躺下來，蓋上了被子。今天谷老師應該不會來我這一邊了吧。要是她來了，我也不想講話。所以我把臉埋進了被子底下，以便能一直假裝在睡覺。

不要亂想。

我跟自己說。隔壁那人只是剛好去上廁所而已，不要亂想她是不是就是那個在窗戶裡補上插圖的人。

當然，在那扇窗子中補圖的人一定存在，只是我根本就不曉得那個人到底是爲什麼要那麼做。也有可能對方是故意想引我上鉤，因爲對方知道那窗戶是我畫的，想在最後把窗子塗得亂七八糟來整我作樂，所以才刻意補上其他細節。不要想。

但我還是無法抑制自己的思緒。旁邊已經沒有聲響了，谷老師好像已經走了。隔壁那人是睡著了嗎，還是正在裝睡？正打開了耳朵想聽我的聲音？我壓著自己的聲息，似乎聽見了屏風另一側傳來呼吸聲。不對，這是我自己的。就在這時，門被打了開來，傳出很響亮的聲響，聽見了妙圓老師的喊話——「間宮——！妳在不在——」。

「間宮，老師有話想跟妳說，現在可以嗎？」

妙圓老師拉來了摺疊椅，全身散發出一種成年男人的悶沉味道，在我床前坐下。我不想講話。當然想歸想，不能說。

「妳最近都沒好好上課耶。妳昨天也什麼都沒講就跑回家了，是發生了什麼事情嗎……？」

「沒有呀……，我只是身體不太舒服而已。」

我回。我不想要隔壁那女孩子聽見我跟妙圓老師在講話。

「妳去看醫生了嗎？」

「這個週末會去。」

「預約了嗎？妳媽媽會陪妳去嗎？」

「嗯。」

「那妳要好好讓醫生看一下喔。妳知道了結果後，跟老師說一下好嗎？妳反正就是不能什麼也沒講就跑回家啦，老師擔心死了耶。妳如果想早退，要先跟老師說一聲，好嗎？」

「好。對不起。」

「真的沒有什麼事嗎？不是有誰跟妳講了什麼，還是妳有什麼東西被人惡作劇藏了起來之類吧……？」

「不是。」

妙圓老師揪著我的臉一直看。接著揚起了笑容，輕輕把手放在我頭上，然後走了出去。第四節課開始前，我離開保健室，雖然很想回家，可是第四節是妙圓老師的課，我不想去跟他報告說——老師，我想早退。

有種不太妙的預感。結果還眞的發生了。第四節課一開始，走進教室的妙圓老師就看著我微微點點頭，接著說——「老師想在上課前先跟同學們講五分鐘話」。

「我希望我們班上同學都能夠爲人著想。就是這樣。大家覺得爲人著想是什麼意思呢？在電車上讓位給老人家？這的確也是一種爲人著想喔，可是不只是這樣。爲別人著想，是要能夠去想像跟我們不一樣的人。大家都可以辦得到的事，可是有些人不能辦到，我們並不能因此就去判斷說那個人很糟糕。我們要去想，爲什麼那個人辦不到呢？辦不到其他人都辦得到的事，會是什麼樣的心情呢？我們要去想這些。」

結果說要講五分鐘，到頭來講了十幾分鐘。他雖然沒有提到我的名字，可是他在講話的時候，全班同學都偷偷瞄我。

那天放學時，我一打開鞋櫃，平底鞋裡被塞滿了拌了狗大便的臭泥巴。

「妳最好來一趟啦。我在電話裡面這樣講，妳也不可能了解媽現在的情況。唔，對呀⋯⋯，妳能來一趟最好。我今天會再加一個鎖，還要做點其他事情。嗄？所以我才想要多裝一個只能從外面打開的鎖呀，像是掛鎖那一種的。嗄？所以我就連去外面買一個那種東西回來的這段時間內，都沒辦法放心哪。是啊，是啊⋯⋯。總之到最後還是得把她送去安養設施那一類的地方照顧啦，否則沒辦法。所以包括這些事，我也想找妳商量啊。嗄？是噢，這樣？好啊，那我知道了，反正妳早點跟我講啦。我也要配合妳時間調整我這邊的行程哪——」

媽媽掛掉了電話後馬上吐了一口大氣。早上八點多，她這時間平常已經要出門上班了，可是今天她請假。我、媽媽還有外婆，正圍坐在餐桌旁。外婆伸出了手要拿媽媽的手機，結果她掛在脖子上的那個名牌撲通掉進了紅茶杯裡。呀——！幹嘛啦！不要動啦妳不要動！媽媽發出悲鳴，我趕快把垂著名牌的繩子從外婆脖子上拿下來。這是我前天做給她的，因爲這樣萬一外婆一個人出門走丟了，我們才有可能找到她。不過當然不希望她出去，所以我們才要再加裝一個鎖。我媽今天就是爲了這個跟公司請假。

「阿姨要來嗎？」

我問。

「不知道——，說什麼她要調整一下時間，會再打電話跟我說。」

我媽回答，又輕輕吁聲氣，嘀咕說「什麼叫做調整時間哪」。

「我打電話跟她講！」

「我學校請假吧？」

我跟外婆同時說出口。我媽看了一眼外婆，稍微笑了起來。

「妳在講什麼哪。小繭，妳該去上學了。」

她對我說。

「媽今天已經請假了，不用擔心啦，妳回來的時候，一定什麼都沒問題了啦。」

「唔，好。」

我站起來。明明我這麼不甘心去上學，明明只要我請假在家幫忙看著外婆，我媽就不必擔心了，明明等我回來時，也不可能「什麼都沒問題了啦」，我卻居然說「唔，好」？可是我也明白，我根本就沒有其他選擇，要是我今天不去學校，搞不好妙圓老師就會連絡我媽。要是我媽現在連我的事都要操心的話，我媽一定會崩潰的。

我從鞋櫃的角落挖出很久之前穿的那雙早就太小的運動鞋，套上腳出門。昨天把平底鞋丟在學校垃圾桶了，穿著學校的室內鞋回家，然後把室內鞋藏在書包裡。還好昨天我媽滿腦子都是我外婆的事，沒有注意到玄關少了一雙平底鞋。眞慶幸。

今天早上，學校的鞋櫃裡雖然還有點臭，但一切看來跟昨天清理完泥巴後一樣，沒有再有狀況。可是我一走進教室，看見自己的椅子已經濕漉漉了，還飄出了一股尿騷味。不曉得誰，又或者誰跟誰還有誰，對著我的椅子尿尿吧？

於是我直接走出教室。本來想去找條抹布，把椅子擦乾淨的，但一回神過來已經走下了樓梯。等一下早自習的時候，妙圓老師一走進教室，一定會誤以爲那些是我的尿吧？我失禁了，而且還從教室裡逃掉了。沒關係。如果他那樣誤解的話就那樣吧。妙圓老師要是又跑來保健室找我，我就跟他道歉。對不起。

走進了保健室旁的廁所。我馬上望向那扇窗戶。窗中又多了一隻鳥。在我所畫的綿延山脈上，多了一個小小的「v」一樣的字體，雖然很小很小，可是我一看就知道那是一隻鳥。應該是鴿子吧？我在那旁邊，又畫上了一隻鴿子。那扇窗，於是有了景深。兩隻鴿子看起來像要飛越山脈，飛往山的另一邊。

谷老師不在保健室裡。但是另一張床上，坐著一個女學生，之前在這裡的那個人。瘦瘦的，長髮綁在耳下，眼睛很腫。我發現自己在哭，我來這間學校之後從來沒有哭過。但我無法撇開頭去。我凝視著那個孩子，那個孩子也一直凝視著我。我們，彼此凝望。

小說家の一日

料理指南

昏暗的場地內隱約亮起了一點微光，穿著簡素細肩帶白洋裝的十一名女子的身影，朦朧浮現於舞台上。

從左邊數來第三個是冬子。這齣戲我已經看過好多次了，就算是第一次看，我也能一眼認出她。日英混血兒的冬子比其他女生高出一個拳頭，雖然瘦，但骨架扎實，一雙修長的腿，小巧的乳房，在纖薄的布料上製造出了微微的隆起。

象徵櫻花瓣的紙片飛雪紛紛飛舞，從最角落開始，女子們開始輪流舞動。我目不轉睛地看著冬子閉上雙眼，微張櫻脣，擺動起了那雙修長手臂宛如揮舞長鞭在空中擺盪一樣。這齣戲每年都會於櫻花盛開時搬演，但是自從冬子的父親——劇團團長過世以後，這是第一次演出。

謝幕之後我去了一趟後台休息室，一如往常抱了一大堆東西。正小心翼翼擠過人擠人的狹長走道時，舞台導演廣渡先生正巧迎面走來，「哎呀，小樹小姐，好久不見了」。他笑呵呵伸出手接過了我那一大堆東西，轉頭帶我去休息室。跟這劇團的緣分從母親那一輩就開始了，所以幾乎所有成員都彼此認識。

「大家等了好久的小樹小姐來囉～」

廣渡先生這麼吆喝著，打開了門，裡頭幾個表演者紛紛跟我打招呼。冬子從最裡頭揮揮手，喚我——「這裡這裡～」。她身上還穿著棉質的舞台和服（一人分飾兩角），頭上的假髮已經卸下，但還沒卸妝。

「眞的好精彩的表演呀——，眞的！」

我也轉頭向眾人道賀，不過那句話我其實只期待冬子聽見。

「我也這麼覺得呢——」

冬子燦爛地笑。一對眼珠閃著茶褐又紫堇般不可思議的色澤。寬脣薄嘴。飄出了微淺汗味。冬子比我大兩歲，今年四十二。

「這個可以打開嗎？」

「當然可以呀。」

大包包裡頭裝了紙製的多層餐盒跟保鮮盒。裡頭裝了一些方便大家公演完後直接用手就可以拿著吃的小餐點。我是名專業料理人。

一打開了餐盒蓋，室內歡聲雷動，大家聊了一會兒餐點。我不太會提起關於演出內容的事，大家也不會期待我說什麼，因爲他們都知道，我不是那種會主動評論戲劇的類型。就是一個老朋友嘛，會來看戲。就很會做菜嘛，所以會做些東西帶來慰勞大家。這，大概就是劇團朋友們對我的認識吧。

「冬子，現在方便嗎？」

廣渡先生從門後探出臉來，於是我趁機告辭。通常他們就算約我等會兒一起去慶功，或是在休息室內喝個兩杯，我也會婉拒，因爲許多事情都叫我畏怯。

「對了，小樹——」

正說完「那我走囉」，一站起身，冬子喊住了我。我手被她拉住，心頭震了一下。

「妳最近有沒有空啊？我有東西想給妳。」

櫻樹扶疏的住宅區。這一帶是高級住宅區，許多住戶都在寬敞的院子裡種了櫻樹，冬子老家的大門門杜旁邊也有棵巨大櫻樹，光看樹幹好像已經枯了，但是枝椏上花苞纍纍，離開花還有一陣子。

上次來這棟屋子是二十五年前的事了。二十五年前，十五歲的我跟著我媽來。她買來一大堆食材跟調味料，需要一個幫手幫忙拿。我媽也是做料理的，當時受到冬子的爸爸孝太郎伯伯請託，來這兒教他做菜。

冬子的媽媽海倫伯母那時候住院。癌症。說是日子大概不多了，就算能出院回家休養，大概也沒體力管家事了。我想要做點好吃的給她——聽說孝太郎伯伯這樣子拜託我媽。他那個人連卡式瓦斯爐聽說都不會用，所以我媽一連來了好幾天，一鼓作氣把他教會。我只有第一天的時候跟著去。

早在許久前，還是個大學生的孝太郎伯伯在繪畫教室打工教過畫畫，當時還是個小學生的我媽，正是那裡的學生。之後孝太郎伯伯結束了打工，兩人的緣分一時中斷，直到我媽以廚藝大師的身份在社會上有了點名氣後，孝太郎伯伯主動連絡上了她，我媽也接下了劇團的外燴委託。這些，我早在那天去之前就聽說了，不過當天是第一次見到孝太郎伯伯，當然，也是第一次見到冬子。她穿了一件紫堇色針織衫跟一件緊貼腿部的牛仔褲。當時十七歲的冬子整個人被包圍在了一種即將失去母親的傷悲之中，她的存在本身，讓人也感覺好像是一絲飄搖的紫堇色絲線。

那次我們幾乎沒有交談。那天之後，也有好一段漫長的歲月不曾再見。我開始當我媽的助手前不久，我媽因爲太忙而推掉了劇團的外燴，之後再相見已經是二十二年之後了，我媽的守靈夜。孝太郎伯伯當時已因糖尿病惡化無法外出，是冬子代替他來致意的。很奇特的是，當時我看見身穿悼喪裝扮的冬子時，居然也有一種紫菫色的印象。或許是過往的記憶又緩緩甦醒了吧，或甚至我從來不曾忘卻。冬子已經變成了一個大人——當然我也是——我們像要把十幾歲那年的那一天給補回來一樣，講了些話。那之後，冬子有舞台劇上演的時候，我便會帶些餐點去探班。

約好了下午三點。從前海倫伯母那樣細心栽種，當年來的時候春花漫舞的美麗庭園，如今已經長滿雜草，不復當年美景。我邊走跨過蔓延到步道上的藤蔓跟小樹枝，看見冬子正在露台上朝我招手。

「眞不好意思，讓妳跑一趟——」

「不會冷嗎？」

我的聲音稍微有點太尖了。自從直接叫對方冬子與小樹後，這是我們兩人第一次單獨見面。而且這裡也不會有其他客人或店員在，所以我想了好久，最後決定穿一套既像是外出服，又像是居家服的輕鬆打扮——一片裙似的寬褲、絲質襯衫跟麻料外套，但是冬子居然只是把頭髮往上紮，好像也沒化妝，全身上下一套的灰色休閒服，感覺好像去慢跑一樣。

「我開窗讓窗戶流通，現在家裡很亂。妳等一下別嚇到喔——」

二十五年前看起來就很老舊的洋房，如今更是比那櫻樹更老，孝太郎伯伯好像一直在這裡住到最後一次住院爲止。至於冬子，則在更早的時候就搬出去了。孝太郎伯伯走了後，現在冬子好像會時不時回家一趟，整理遺物。我打開鑲嵌著玻璃的木製玄關門踏入了屋內，一下子想起，對對沒錯沒錯，這兒就是長得這樣。但是隨處可見簡單修補過的痕跡，看了稍微有點惆悵。

冬子帶著我去面朝露台的客廳，我見皮革沙發上鋪著一件長毛鋪毯，想到那可能是冬子因爲我要來而鋪上去的，心中不免一甜。一下子情緒來來去去，不覺已有點疲憊。冬子去泡咖啡的時候，我把帶來的餅乾拿出來。裝在一個異國的古典紅茶罐裡頭。

「哇——！」

冬子回來一看見，立即發出宛如孩童般純眞的歡呼，我感覺好像我現在做這份工作，純粹就是爲了聽她這歡聲一樣。最近不時這樣想。

「多少整理得差不多了嗎？」

雖然看起來一點不像，我還是這樣問。冬子笑著搖搖頭。

「感覺完全整理不完呀。我爸本來就很會留東西，這裡又是差不多從三代以前就一路囤下來的，不只有我爸一個人的份耶——」

他們家好幾代都是優渥的造園景觀業者，當年孝太郎伯伯就是因爲抗拒這樣的家世，才跑去演戲，這我自然聽說過。我跟冬子聊了一會兒這些過去，冬子說後來因爲種種緣故，她爸還是沒能離開這個家，結果這成了她爸心中一個很大的遺憾。

「後來小樹妳開始來看我們表演之後，我爸好像很高興呢。他以前常說我們劇團被紗江阿姨給拋棄了啦。」

紗江阿姨就是我媽。沒想到孝太郎伯伯會那樣想，我很意外。

「我媽以前有時會去看你們的戲呀——」

「對呀，但那是很久以前了。她跟我爸重新開始連絡那陣子，好像有來看過幾次，不過之後就沒有啦。她不幫我們做外燴之後，就再也沒來了。」

「啊，應該是開始變忙了吧，那時候開始上電視什麼的……。不過她怎麼可能會拋棄妳爸爸啦——」

「反正後來她來家裡教我爸做菜之後，就再也沒去看過戲了。好像連見面也沒有再見過了呢。我爸常說紗江阿姨該不會是受不了我們家這種中產階級的布爾喬亞調調吧。」

「怎麼可能啦……」

我媽從來沒有講過孝太郎伯伯的壞話，不過……我忽然想起，她自從來教孝太郎伯伯做菜之後，就再也沒有提起過他了。我媽跟我爸是在那兩年後分開，我十七歲時。我一直以爲她是因爲工作變得很忙，加上離婚又有很多事，所以沒心力再去提起從前的事，而且她更早之前其實也沒那麼常提。不過「再也沒去看過戲了，好像連見面也沒有再見過了呢」這點倒是有點令我訝異，因爲我以爲她只是沒跟我提起而已，其實私底下應該還是偶有連絡吧？現在想想，對噢，孝太郎伯伯得了糖尿病的事，我還是在我媽走後才聽冬子提起得知的。

「對了對了，這個——」

冬子把手伸向桌面。來的時候，桌上就已經擺著一本藍色封面，看起來很舊的好像剪貼簿的東西，但沒想到那跟自己有關。

「這應該是紗江阿姨寫的吧？」

封面上只寫了「Recipe」一個字。藝術體，這應該是孝太郎伯伯寫的吧？我在冬子催促下拿起來翻閱，結果是把素材剪下黏貼在硬紙上的類型，而寫在那些被裁剪下來的類似報告紙上頭的文字，的確是我媽的筆跡沒錯。中華雞湯粥、焗烤通心粉、奶油燉菜——全都是食譜，而從那些菜色與紙張的老舊程度來看，大概是我媽來教孝太郎伯伯做菜時用的吧，之後孝太郎伯伯再把我媽留在這兒的紙張整理成了一冊。

「結果我爸下廚就只有那時候而已。我媽那時已經完全沒有食慾，很快就不適合做菜給她吃了。她走了以後我爸就說他不做菜了，因為一做，就會想起很難過的那陣子的事。不過這本剪貼簿，他倒是很細心留了下來。我想放在我這，還不如放在妳那比較有意義。」

「可以嗎？」

「當然哪。」

於是我便收下了那本剪貼簿。與其說是我媽的東西又回到了我手上，我感覺那更像是我第一次收到了冬子的禮物，心頭甜滋滋的。

我媽三年前突然心肌梗塞走了。之前從沒聽說過她心臟有問題。才六十五歲，還不是該走的年紀，實在非常突然。

那時候我已經離開我媽獨立了，搬到現在住的這間公寓開始獨居。我媽則一個人住在她跟我爸離婚後自己買的那棟我們住了一段時間的公寓裡。她走後，我決心把那裡賣掉，所以也跟冬子一樣，必須整理遺物。整個整理遺物的過程中，我都一直哭、一直哭，因爲家中到處都提醒了我，我媽已經不在了的事實。不過實際上的作業倒是非常輕鬆，因爲我媽與孝太郎伯伯剛好相反，完全是個「不留東西」的人。她跟我爸分開時，無條件把我們當時住的那房子讓給了我爸，她從那房子帶出去的，只有我跟幾樣私人物事。

我外表長得像我媽，嬌小纖細，細長的眼睛、清爽的長相。性格則像我爸。我爸那個人有點很容易被情緒左右，我媽則是徹頭徹尾避免讓自己陷入那樣境況的人。這大概也是造成他們離婚的原因之一吧。我媽當初之所以會變成一個料理人，跟我爸在電視台工作也有關係。但當我媽一變成有點知名度的忙人之後，我爸便開始鬧性子，成天要黏在一起。大概是把自己跟我媽的工作擺在天秤兩端較勁了吧？結果我媽選擇了工作，就是這樣吧——我猜。但當然，一定還有只有夫妻間才會知道的緣由。

我媽那樣性格的人，當然不會把容易引人感傷的東西刻意留在家裡，家中井然有序得幾乎無趣。她的抽屜跟衣櫥中也只擺了她的衣物跟日常用品，還有存摺跟證書而已。我在她衣櫥上方的層架深處，看見過一個小小的盒子被塞在底頭，一打開來看，疊了幾本看過的家族相本，裡頭有些我小時候的照片，還有我爸的生活照。塞在那種地方，大概她打算一輩子都不再拿出來看了吧。我將一些遺物跟那盒子一起帶回了我住處，後來實在哭得太累，沒有意欲再打開來看了。這一刻渾然想起，後來那盒子就一直那樣被我塞在衣櫥上方層架上沒有再拿下來，看來搞不好我也有點像我媽？

好久好久沒看過我媽手寫的食譜了。她走前十年左右，我曾經幫她把她所有食譜都數位化，之後她便也很有她風格的把那些寫有食譜的筆記本全部處理掉了。我媽寫的字——比方老愛把「燉菜」寫成「炖菜」、「菠菜要洗乾淨」底下又注釋「＊裝水時，水盆上要再加一個濾盆↓洗到底下不再有土流下為止」這些小地方，都很有她的風格，讓人好生懷念……。不要哭了啦——冬子溫柔地說。

天氣太好了。

幾天前我就開始想菜色，今天把試做了好幾次的飯糰與配菜搭配得色彩宜人，擺進了多層餐盒裡。

今天我要跟冬子兩個人去賞櫻。前幾天回家前（那天冬子晚上好像有事，本來還還期待晚上搞不好可以跟她一起吃飯的，很失望）鼓起了勇氣約她去賞櫻，她居然很高興地答應了。地點就在我家附近河畔。我打算賞櫻後約她來家裡玩，所以也買好了到時要在家中喝的紅酒（跟賞櫻時帶去河邊喝的不同款），也先處理好了晚上簡單吃的食材。今天我穿了牛仔褲。T恤外罩了一件檸檬黃襯衫、純白球鞋，都是爲了今天而新買的。

「小樹——！」

冬子從約好碰面的橋上朝我揮手。我本來說我可以去公車站接她的，她卻堅持說她可以自己來，於是我們約在橋上見。本來還很擔心她能不能順利抵達，幸好沒問題。光這樣，我就已經覺得幸福得不得了了。冬子今天穿了件寬鬆的卡其褲，上身穿了貼身的白色夏日針織衫，頭髮沒綁，垂到了肩上，逆光下，她的身影閃耀。

我們在大櫻樹下鋪開了地墊。朝著河面伸展而出的枝椏上綻放的櫻花，離全開還要再一下子，冬子說這樣正好，這時節最美了。她從她提來的保冷袋裡拿出了冰涼的罐裝啤酒，我則慎重打開多層餐盒的蓋子，聽見了兩三聲如今已然成爲我生存目標的歡呼聲。我們拿起罐裝啤酒，乾杯。

一段如夢中的時光於焉展開。這個地點，平時只有附近居民會來，又是平日，除了我們兩個以外，只有幾位賞花客。其實也沒聊什麼特別的，就是平時我去後台探望她時會聊的話題而已，然而就爲了說這些、就爲了我，她此刻人在此處，吃著我專程爲她做的便當。光是這樣，就已經夠特別的了。之前去她家，是爲了拿那剪貼本，還有個理由。然而今日，沒有任何理由。我們兩人，就只是爲了對方而當下此刻人在此地。我應該早點約她的。我只是很怕她會滿臉狐疑、尷尬地拒絕我。但她來了，笑吟吟地。好像一直期待著這天似地。

「我們是第一次像這樣子耶——」

冬子比我先開口。

「是嗎——」

我心臟撲通撲通跳得都要蹦出胸口了，趕緊裝傻。

「對呀，眞的很意外耶，眞是。我們兩個除了在後台之外，其實私底下都沒約過耶。」

喝完了罐裝啤酒後，我拿出帶來的塑膠酒杯開始跟她喝香檳。冬子的香檳上飄了一瓣櫻花瓣。我心想該怎麼接話，不小心靜默了下來。

「三年前吧？在紗江阿姨的守靈夜上再次見面的時候。」

「是啊，對呀。」

我終於有反應。

「第一次見到妳是更早、更早之前了——」

「我十七歲的時候嘛。那時候小樹十五歲，整個人感覺很不友善，一點都不可愛耶——」

「好過分！我很緊張呀，妳還不是一直臭著一張臉？」

「那時候我媽住院，突然有女人跑來家裡，當然很討厭哪。當然我很快就發現那是誤會了。」

「原來妳那時候那樣誤會呀？我根本沒想到那地方去。只覺得單純是去助人爲樂。」

「因爲妳那時候就是個小孩子嘛。妳現在也還是有點這種性格。」

「哪有——」

我已經完完全全是個大人了——，我在心底這樣告訴她。我已經是個大人了，而且我愛著妳。我也在心底這樣說。究竟要到什麼時候我才能說出口？我太害怕了，怕說出來後的下場。也許我根本得不到那個我渴望的結果，也許我甚至連原本有的都會一併失去。這樣的情況至今也發生過。

可是難道我就要一直這樣下去嗎？只能一直、一直隱藏自己的感情，一直努力做些美味佳餚，放進多層餐盒或保鮮盒裡帶去後台給他們吃就滿足了嗎？或許偶爾像今天這樣，以朋友的身份，跟她兩個人相聚就欣慰了嗎？這樣一路自我欺騙下去，難道就是我的人生？我仰頭望著櫻樹，巴眨巴眨地眨眨眼。

「三年前哪——」

如果不是冬子輕輕呢喃了一句，我可能已經脫口告白了。

「嗯？什麼？」

「剛好就是那陣子啊，我跟廣渡先生變成那種關係。」

「嗄，廣渡先生？那種關係？」

我像白癡一樣重複她說的話。我明明已經料想得到她要說的是什麼，我心底卻拒絕接受。瞬間想起了上一次去後台探班時，帶我去冬子休息室的正是廣渡先生。是他打開了門。冬子忽然朝這邊看時的臉龐。

「其實很多事情幾乎都走不下去。沒想到就三年了。然後……他終於離婚了。」

三年前啊——。原來她剛說那句話的時候，心底想起的，不是我，是他。

「這樣啊……」

「是啊。」

冬子點頭時的神情，我從來沒有看過。原來這個人，真正幸福的時候是這種表情哪？我在心底想。

家裡準備好的酒、晚餐的食材，現在都沒有用了。當晚冬子已經跟廣渡先生約好了見面。就算她沒約，我也沒有氣力再約她了。

那天發現我無精打采的人是攝影師阿新。當天總之順利拍完了婦女雜誌上幾頁料理畫面，阿新開著他的三菱 Jimny 繞遠路載我回家。

「失戀啊？」

阿新問。他已經公開了自己是個同性戀的事，不過我沒跟他說，也沒讓任何人知道自己也是。

「還是出櫃啦？」

沒料到他還是繼續講，我嚇了一大跳，阿新只是聳聳肩，吐了一句——「我隨便亂猜的啦」。

「應該說，兩種都是吧——」

「原來——」

於是變成是我對著阿新出櫃了。事實上，那根本連「原來——」的程度都算不上。冬子應該從來沒有意識到吧？對她而言，我到現在還只是一個可以很放鬆相處的、很會做菜的女性朋友而已吧？所以她才能夠那麼樣地一臉幸福地拜託我幫她準備只邀請親近朋友來參加的小小派對餐點吧？

「下次去喝一杯啦，就我們兩個。」

車子開到了我公寓前，阿新拍拍我手臂這麼說。

「人生嘛，什麼鳥事都會發生，有總比沒有好啦——」

嗯。我點點頭，下車。

傍晚七點剛過沒多久。拍攝時製作的餐點跟工作人員一起吃掉了，現在還不覺得餓——說起來，從賞花那天之後，每天吃東西吃得像在完成例行公事一樣，根本搞不清楚自己到底餓不餓。以一個料理人來說，這眞是最糟糕的狀態了。

工作還沒做完、該寫的也還沒寫完，爲了給自己振作精神，我在酒杯裡倒入白酒——這原本是那天想在晚上跟冬子一起開瓶的。這時間點，我應該已經放棄工作了。

喝得醉醺醺地從工作桌前站起，走去了客廳，翻起了一直擺在咖啡桌上的那本剪貼簿。我也不知道爲什麼，就覺得之前翻的時候感覺好像有什麼事掛在心上，現在大概是想確定那「什麼」到底是什麼吧。

每一份食譜上都先寫明了三、四個人份的食材與調味料份量，接著寫料理順序。就很一般的食譜寫法。要說有什麼是我當年幫我媽數位化的那些食譜上所沒有的，大概就是考量到了孝太郎伯伯是個料理菜鳥，到處都多寫了一些提點吧？「多做一點比較好吃，隔天或隔兩天都可以吃。加熱時記得用小火」、「倒入牛奶後不要煮到滾，一直盯著鍋子，一冒泡了就停火」之類。也許是因爲手寫，感覺也有點像是我媽寫給孝太郎伯伯的私人信件……。私人信件？對了，這份食譜莫名就是有點這種感覺？不過要說這是我媽單純以寫給孝太郎伯伯一個人看爲前提所寫的，要說它們是私人信件，這的確也算是私人信件……。

我那時只有第一天陪我媽去，之後的事，記不太清楚了。不過我媽看起來是一連去了五天，就專爲了教他做菜。每天有兩三份食譜，按順序被剪貼起來。最後一天的主菜是雞粥，這我媽也教過我。很簡單又美味的一道菜，只要用電鍋就可以做，我也常做。這份食譜上沒有注明任何提醒，只是在最後，寫了一句──「好，結束了！」

我盯著這行字看了老半天。「好，學做菜這件事就到這裡結束了。辛苦了！幹得好！」──是這個意思嗎？可是我媽不是一個那麼沒神經的人吧，對一個妻子即將不久於人世的男人，會寫出這麼沒有顧慮的話嗎？

好，結束了！

對了，讓我覺得心頭上好像有什麼梗在那邊的，就是這一行字。心中冒出了新的可能性，我當即站起，去衣櫥把我媽的遺物拿下來，接著就那樣直接在臥室地板上把裡頭的東西全拿出來。兩本相簿。把那個拿起來後，箱子底部疊著十幾張不同時期的生活照。幾乎都是黑白的。有我媽小時候的相片，也有幾張她爸爸媽媽——我外公外婆的相片。只有一張，是孝太郎伯伯的。從年齡來看，應該是在繪畫教室教畫畫的那時期吧，年輕清瘦的青年，對著鏡頭略微靦腆地笑著。拍這張相片的人搞不好是我媽？也許是孝太郎伯伯辭掉了畫畫老師那工作時，做爲離別紀念拍的。老師，來拍張相片留念吧？那時的母親，心頭上有的也許只是一個學生對於老師的思慕之情，之後又過了三十多年，兩人再度重逢……。

那時候的母親，心情上有了什麼樣的轉變呢？她忽然就推掉了劇團的外燴、不再提起孝太郎伯伯的事，都是在那次去他家教做菜之後發生的。對了，她也沒出席海倫伯母的喪禮，那次她的確是因爲工作去了外地，可是也許，她是故意安排了這樣的行程以免見到孝太郎伯伯？又甚至，她其實根本就沒去出差，而是跑去哪裡躲了起來？

好，結束了！

這該不會是我媽跟孝太郎伯伯道別的話吧？她在寫下了這行字後過了兩年，跟我爸離婚。該不會我爸所渴求的那顆我媽的心，其實在告別了孝太郎伯伯後依然還沒有自由，而不是都擺在了工作上呢？又或者，我媽隨著「好，結束了！」這一句話，把自己那顆心的一部分也留在了那些食譜中？我媽到底是從什麼時候愛上他的？孝太郎伯伯發現了嗎？還是沒發現？跟一個爲了愛妻而學做菜的男人相處的那五天，對我媽來講到底是怎麼樣的一段時光？海倫伯母的死，又讓她有些什麼樣的感受？

當然，這一切只是我的想像。

一句「好，結束了！」與一張生活照根本就不能代表什麼。我媽連我喜歡女生都不知道就走了，我搞不好也同樣對於她一無所知。

只是我發現了這些，想像了她的心境，而這應該意味了什麼吧？也許這是我媽從天上給我捎來的一個什麼信息，我如此感受。

六月。派對辦在冬子的老家。再過不到三分鐘，一場只招待了十幾個親近的劇團朋友，真的很簡單的祝宴就要開始了。我已經差不多把該準備的餐點事宜都弄完了，剩下的交給助理，自己獨自走向被當成新娘準備室的冬子房間，剛好跟剛從房內出來，穿著西裝往我走來的廣渡先生遇見。他不曉得是不是很緊張，忽然舉起了一隻手，我也只好朝那隻手擊掌。

「都準備好了嗎？」

冬子穿著一身白色洋裝，正坐在她從高中畢業搬出去後，時光好像就靜止不動了的那間房間內鋪著藍色格子花紋床罩的臥床上。

「也沒什麼好準備的啦……」

冬子說完，笑了起來，不過她盤起的髮絲上別了一朵方才還沒有的好像蘭花的白花。噢，一定是剛才廣渡先生拿過來的吧……。

「餐點都弄好啦？」

「完美啊～」

「哇——！我應該是第一次看見小樹這麼充滿自信吧？當然妳每次都超完美啦——」

「今天是個特別的日子嘛，特別超完美～」

我說，把帶來的東西遞給冬子。一本以紫堇色爲底的變形蟲圖案的布面筆記本，雖然是現成品，我爲了找一個適合冬子的花紋，可是找了快一個小時。

「裡頭寫了我一些特別的食譜，大概超過三十種吧。都是手寫的。我不知道妳家會是妳，還是廣渡先生下廚，不過我知道你們兩位都是新手，所以挑了一些簡單的菜色。這是我爲你們獻上的祝福。」

「小樹……」

冬子聲音都快哭了。不行啦，妳不能哭啦。我說。哭是我的特權耶，在心底補了一句。冬子翻閱起食譜。她現在應該沒有時間翻到最後吧。不過如果她翻到了最後一頁，一定會發現我在我媽的食譜上加上了個人變化的那份「雞粥」食譜的最後那句話──「好，結束了！」

「冬子，那個啊──」

接下來，我打算告訴她，今後我不會再帶餐點去後台看她了。而且我將告訴她那個理由。我一直愛著妳。這句已經不曉得在心口上囁嚅過多少萬次的句子，在今天──冬子的好日子，我倆離別的日子

——將從我的唇，傳到她的耳。

小説家の一日

好無聊的湖

評審會開得比預定時間久。除了我以外的三位評審老師強烈推薦的那篇小說，我怎麼樣也無法贊同，但最終還是投降了。忽然一下子對自己的想法失去自信，也可能是我從其他評審那受不了的表情中讀出了他們的心思吧——妳的品味會不會已經太過時了一點？至少這個新人賣得比妳還好喔。感覺像是聽見了這樣的聲音。

評審會議從下午一點開始，結束時已經四點半了。出版社問要不要提早去哪裡吃晚餐呢，我推辭了，坐上對方準備的接駁車。其他評審老師們好像都要去聚餐，大概三杯黃湯下肚也會講兩句我的壞話吧？本來打算在住的三鷹市那邊下車，隨便吃點東西再回家，但是沒有任何一間平時偶爾會去的店想去，結果就一路來到了自己家附近。這時候，忽然瞥見了路邊一家店的燈光。那間被圍繞在一片綠意中的房子，是最近才剛開的新餐廳，記得在哪裡讀過報導。之前沒想過要去，但不知爲什麼突然想嚐鮮，便下了車。

原本還擔心沒訂位不曉得有沒有位子，沒想到很順利。是說，客人除了我以外只有一個，才剛坐下來，那客人就跟著進門了。一個年紀差不多可以當我兒子的年輕人在那家寬敞且空蕩蕩的店內，一屁股在我對面的椅子上坐下來。原本就知道這家店的行銷概念是讓萍水相逢的客人，在這家店內同桌共享大餐盤的菜餚、大口吃肉，但沒想到別人也一個人來，而且還是個男的，倒是出乎意料之外了。心裡頭嘀咕，這怎麼感覺好像我是刻意圖謀這一點來的？

那個年輕人好像也有點在意這點，才剛坐下來沒多久，就主動表明自己是個美食評論家，今天算是半取材。我聽了正猶豫該不該也老實自我介紹，他倒主動問了——不好意思，您是小說家櫻田藍子小姐吧？這麼一來，倒是輕鬆很多，兩人聊得出乎意料地愉快。那頓晚餐美味，我跟他兩個人都對吃很有興趣，這也是我們聊得來的原因之一。

「你今年幾歲啊？」

剛跟他講好再點一瓶紅酒後，我問。回答是三十二歲。這樣外表比實際的年齡年輕很多嘛。

「剛好是我離婚的年紀耶。」

「啊哈哈——」

他笑起來。我把它當成是機靈的表現。

於是就這麼認識了岩瀨旬。

回家前交換了手機號碼，之後他便有時打電話來約我一起吃飯。

不管是知名老店或是最新的話題名店，他都一清二楚，而且他挑的店沒有一家難吃的。除了吃的話題外，跟他也能聊一些出版業界的八卦，他對於小說與電影也頗有涉獵，不愁沒話題聊。

不過當然沒有發展成男女關係。我們年紀相差太大了，我對情呀、愛呀這些事早已沒那麼有興趣。岩瀨感覺上也沒有把我當成是（可以發展成那一方面關係的）女人，他應該是覺得有我這樣的朋友很光采吧。我雖然不是暢銷作家，好歹也是他一看到臉就叫得出名號的一個小說家。這我倒覺得無所謂，反正我也只是把他看成一個方便的朋友。跟他在一起，有一種跟編輯或同行相處時沒有的新鮮感，而且搞不好正因爲他不是編輯或同行更好。話說回來，編輯或同行現在也愈來愈少約我了。

「有沒有女朋友呀？」

正因如此，我才能這麼大大方方直接問他這種問題。岩瀨長了一張秀氣的長臉，身形清瘦，服裝打扮上也肯花錢，品味還不錯，至少從外表上看來應該是會受女生喜歡的類型。

「現在沒有。」

他答。

「我每一段都不長久耶，通常都會被甩，分手時還常被抱怨，好像我這個人不是很溫柔。」

「咦，但你對我很溫柔啊──」

我開玩笑。

「眞的嗎？」

岩瀨一臉認眞地反問。

工作慢慢地減少。

託我寫稿的人沒有以前那麼多了。對我小說評價很好的編輯一個接著一個退休，大家都離開了第一線也是一個重要原因。那些年輕的編輯，即使聽過我的名字，好像也沒興趣讀我的小說，再加上文藝雜誌的新人獎多如繁星，新浪年年輩出，不管賣得好不好、有沒有才，我看小說家的人數一定呈現了飽和狀態吧。

說歸說，我也不擔心，反正我以前眞的忙過頭了。現在每星期兩次，會去兩家藝文中心教課，每個月也有兩篇連載，再加上說好了要出一本還沒在任何地方露出過的全新長篇。

那部長篇從今年春天就開始寫了，只是一直寫不順。跟固定在雜誌上連載的相比，直接出版一本全新的小說，感覺像沒有一個明確的截稿日一樣。本來已經說好七月時會先交第一份初稿，但是現在都過了八月中了，我還只寫了不到三分之一，中途停筆中。之所以會寫不順，是因爲我對自己寫的東西也膩了。現在想想，一開始寫得還算順，是因爲那些根本跟我慣常寫的差不多。走過的路，再走一次當然順啦，也不會迷路。但是前方呢，看見的風景也早已是看膩了的。當初一開始寫的時候之所以會誤以爲有新意，是因爲我把其中的元素重新排列組合了，就這麼點順序上的不同。寫了快一百張稿紙的時候才發現，但是發現了之後到底該怎麼辦，我心裡也沒個底。到底要怎麼樣才能寫出新意？新意到底要去哪裡尋才尋得到？

都是那個女人不行啦。我把煩躁轉嫁給那個負責的編輯。一個剛畢業，進入一家專門出版詩集之類的小出版社的年輕女人。也不認識，忽然就找上我，說是讀過了我的代表作後很感動，下定決心，進入出版業的話就一定要來拜託我出書。我也嚇一跳。但是那家出版社沒有自己的小說雜誌，所以如果要接下那邊的工作，就眞的只好一次就寫一本全新長篇，而沒法先分段連載。但是我被她的熱誠感動了，最後答應了她。

可是那個人就眞的不行哪。我怎麼會沒注意到呢。她只不過就讀過了我那麼一本小說，就跑來說什麼感動哪、一定要拜託我寫呀。也不是說讀過了多少本就怎樣，而是我如果眞的要一下就出一本全新的，我就應該找一個老經驗的、能力眞的好的編輯來幫我出。那個小女孩根本對小說什麼都不懂嘛。要是懂，我跟她說明這本長篇的構思時，她就應該會建議我把整個架構再想一想了。就算不直說，應該也能講出一兩句關鍵的話吧？

「我在長野有個別墅耶——」

忽然就把心頭隱隱微微想起的事跟岩瀨說了，後來見面的時候。一家位於神樂坂的創意中菜小館，兩人正並坐在吧台前時。

「結婚的時候買的，離婚的時候歸我。後來時不時也會去一下，就這樣過了幾年後逐漸沒去了。」

「靠長野哪邊哪？」

「八岳山腳那邊……」

跟他說明了詳細地點。

「一個除了風景外什麼都沒有的地方。不過那附近呀，有個湖，從前是觀光區，現在已經蕭條了，有點冷清。就是這點好玩。我最後一次去已經是五、六年前的事了，不曉得現在怎麼樣了。」

「聽起來很不錯耶，我好想去看看。」

「眞的啊？」

岩瀨那天眞無邪的反應令我稍微有點心慌起來，趕緊咬了口炸春捲掩飾。稍微炸過的春捲裡包了海鰻跟玉米。

「這個味道還挺有新意——」

「這邊的炸春捲啊，每個季節包的餡料都不一樣喔——」

「我現在寫得有點不太順手，想把整個背景大改，所以就想起了那個湖……」

「那我們去吧！去那邊看看——」

岩瀨像個孩子一樣什麼也沒想就這麼天眞提議，我囫圇吞下了嘴中的春捲——

「一起去呀？」

本來是想裝得調侃的，沒想到不太成功。

「要是老師不介意的話呀～」

岩瀨只有耍寶時才會稱呼我爲「老師」。拜此所賜，我又能夠笑著說，「當然不介意呀～」。

跟前夫之間還沒出問題時，每年大約有一半時間會在別墅度過。他另結新歡，兩人之間開始出現裂痕後就漸漸不去了。不過離婚後有幾年我一個人會在夏天時待在那兒。待在那兒的期間，會邀朋友來玩個幾次，有時多達將近十人聚集在我別墅裡頭，烤肉呀、放煙火呀，喧譁吵鬧玩到天翻地覆的時候也有。

後來逐漸不大找人來了，因爲準備實在是很煩，而且我發覺也不是每個人被我邀請來都是開開心心歡歡喜喜的，也有人大概因爲「老師」邀約不好拒絕吧，只好放棄寶貴的休假時間，心不甘、情不願出門。具體而言，也不是眞的被說了什麼或聽見了什麼，只是忽然有那麼一個瞬間，你就霍然察覺了，而一旦察覺了，便沒有辦法裝不知道了。噯，那個人，找他來真的沒關係嗎？那個人，真的樂在其中嗎？這麼一在意起來，便心底惦掛這、擔心那，逐漸也累了，就不找人來了。而一旦不找，主動說要來的人也沒了。

那裡真的是個除了大自然之外，什麼都沒有的地方，一沒訪客，自己一個人老待在那裡便覺得怪寂寞的，去沒兩天，又跑回東京的頻率逐漸增加後，便懶得去了。而去的頻率一少，便開始覺得自己一個人開高速公路怪恐怖，一覺得恐怖，那隻腳就更踏不出去了。這次也是決定開岩瀨的車去。

八月最後一個星期四。他那台鉛灰色雪鐵龍停在我家門口，兩個人出發。是個好天氣，不過夏日的暑氣已經攀過了顛峰。

「很好看耶，妳這件洋裝。」

出發沒多久岩瀨便這麼說。

「眞的啊？」

我沒特別反應地隨意應聲。其實這件馬德拉斯格紋（Madras check）洋裝是爲了這趟旅行而特地新買的，而且還在百貨公司的專櫃逛了半天，挑了又挑、選了又選才買下。不過這倒不是爲了岩瀨特意打扮，而是第一次跟像岩瀨這樣的朋友一起外宿一天，很煩惱到底該怎麼裝扮才得宜，想得太多了，我心忖。

岩瀨開車很順，非常安全，不像我，會太專心開車而無法講話，也不像我前夫那樣會一直對其他車子的狀況嘖個不停，坐在他的副駕駛座上眞的很愉快。只是那份愉快，慢慢轉成了焦躁，大概因爲這是第一次搭他的車兜風吧，我不曉得該怎麼表現，於是開始玩起手機。

「會暈車唷。」

岩瀨叮嚀了一聲。那聲聽起來像在訓誡小孩子一樣的說話方式，令我想起了從前自己還是某個人戀人時候的事。

「我要回封信啦，講工作進度。」

接著真的開始打起了訊息，是寫給我那本新書的責編。雖說那本書好像沒有明確的截稿日一樣，但畢竟已經過了約好的交稿日一個多月了，連傳封信來問看看狀況都沒有，讓我有點在意。但是稿子也還沒寫好，主動寫給她，我也有點猶豫。好啊——，現在就來傳這一封信。寫成如下——抱歉稿子延遲。我想重新思考一下稿子方向，現正出外旅行。有想法了再跟妳連絡。

寫得好像我人去了海外一樣。按下了傳送鍵後這麼想。不過事實上，我的確就是這種心情。雖說不是去海外，但感覺上好像要去什麼很遙遠的地方。

下了高速公路後，天色微昏，朝著山的方向開時一直飄著小雨。雨勢不大，但抵達了別墅下了車，感覺空氣幾近比秋天還冷，都像是初冬了。

「好可愛的房子啊——」

岩瀨邊說這樣的感想，邊跟在我後頭走進別墅。可愛的房子是老早前的事了，現在只不過是一間小小的破房子。不過決定要跟岩瀨一起來後，我就請了在地的服務業者先來把灰塵跟霉臭處理一下，所以現在這房子雖然還是老舊，但馬上使用是不成問題的。

「來對了，這地方眞不錯。」

岩瀨坐在能從大片窗戶眺望到外頭深闊綠意的客廳中休息，一邊喝我泡的咖啡——我從東京帶了咖啡豆跟電動磨豆機來——一邊這麼說。我毫無意義乾咳了幾聲。眞是太緊張了。以前就算不是跟情人，也跟男編輯單獨吃過飯，或坐在吧台前的原木長桌前喝酒聊天，這種經驗有過很多次。也有陪我出外旅行取材，然後下榻不同房間的，甚至年齡更相近，就算發展出了什麼也不奇怪的對象，從來不曾叫我慌張過，我現在只要表現得跟那些時候一樣就行了。我心想。但是完全不知道該擺出什麼樣表情、講些什麼樣的話。

今天出發得比較晚，到的時候已經快下午五點了。起身去把室內的燈打開。就連這麼自然不過的動作，我也好像怕被人解讀出不同意義一樣，手腳有點彆扭。

「今天晚上怎麼辦？」

我走回到岩瀨對面的沙發時問。

「什麼怎麼辦？」

他反問。

「這邊開車半小時左右的地方有間好吃的義大利餐館，用這邊當地食材，很細心的一家店。今天晚上要去那裡吃嗎？還是你累了的話，我們就去附近隨便買點東西，我下廚做點簡單的菜？」

「那吃義大利菜吧。」

岩瀨秒答。我意識到自己有點失望。本來今天早上搭上他的車前，我想的也是要吃義大利菜——就爲了只待一晚的晚餐還特別去買菜跟調味料，把廚房搞得髒兮兮的眞是笨蛋。但現在，卻很想跟岩瀨一起去買菜，親手做點東西給他吃，然而岩瀨卻毫不猶疑地放棄與我共度一段這樣的時光，眞叫人有點失落。

「那我先打通電話去訂位。雖然那邊沒訂應該也沒關係。」

昨天之所以沒先訂位，搞不好也是我心底有點那麼期待，也許情況會發展成我煮菜給他吃吧？一邊思忖，拿起手機時門鈴忽然響了。我根本沒必要地嚇了好大一跳，馬上瞪大眼睛看著岩瀨，他也趕快慌忙搖頭，大概是誤以爲我誤會他找了什麼人來，所以怒氣騰騰地瞪著他吧。

出現在門後的是物流業者。搬了好大的箱子過來。噢，對！我訂了東西。

「什麼呀，這個？」

岩瀨幫忙我把那兩個大箱子搬進玄關旁的日式房間後問。

「棉被呀，我新買的。」

根本什麼也不奇怪。因爲我想要當地的服務業者幫我把那些已經鋪在床上好幾年還有收在衣櫥裡的棉被想辦法弄得馬上能用，也未免太爲難人家了，所以乾脆買了兩套新的，自己用的跟客人用的。但果然還是緊張過了頭，不小心解釋得有點太多了。

「……臥房在二樓，我今晚睡那邊。你可以把這套棉被鋪在這間榻榻米房睡，或是如果你想在露台上看著星星睡覺，也有睡袋。」

「櫻田老師，可以先講一件事嗎？」

岩瀨忽然語氣很鄭重地這麼跟我說。我一愣，也趕緊面向他，兩個人就這樣隔著還沒有打開的棉被紙箱。

「我今晚跟妳睡比較好嗎？」

我聽了好想笑耶，但是岩瀨一臉認眞。哎唷——，這下我想起在那餐廳初次見面的時候，他在彼此自我介紹前那一開始五分鐘，也是這樣的表情。

「你在說什麼啊？」

我努力擠出一絲笑容。

「抱歉這麼直接。可是我也不喜歡那種彼此試探的感覺。都要去吃好吃的菜了，還要一邊吃，一邊擔心著別的事，我不想要那樣。所以想現在先跟妳講清楚。」

好像電梯咻——一下掉下去一樣，體內有種什麼涼涼地倏然往下沉。心臟拍打得更加快速，可是跟剛剛不一樣，現在這很可能是因爲失望與怒氣。

「那你想怎麼樣呢？」

「我都可以啊，兩種我都可以應付。」

「應付？」

這下我還真的笑出來了。應付？我在心頭上重複了一次這個字，忍俊不住。

「我就是這種人。」

可能看我笑成那樣感覺不舒服吧，岩瀨聲明。

「我真的哪一種都可以呀，我想說的只是，我不希望破壞跟妳之間的關係。今天晚上到底是跟妳睡了比較好，還是不睡比較好，老實說我真的不知道，所以才會問妳。哪一種，我都能對應。」

「是呀，你真的做什麼都做得很好。」

我回。

「那我們今晚不要睡吧。」

「了解。」

岩瀨這麼回答。

事實上，我們的確應付得很好。應該說，應付得很好的人是我，而不是他。覺得那樣問答很奇怪的人好像只有我而已，對於岩瀨而言，那似乎是一次「必要的問答」。那問答結束了後，我打電話去店裡訂位，之後我們兩個把棉被開箱，一套搬上二樓，算準了時間後開岩瀨的車出發。

那家店的主廚還有他太太都還記得我。我是頭一回跟前夫以外的男人一起去，但他們兩個都很專業，一點也沒提起這話題。餐餚依然味鮮佳美，玉米做的巴伐利亞奶油、擬橙蓋鵝膏的義式烘蛋、牛肝菌燉飯、在地烤豬肉，全都讓我跟岩瀨吃得津津有味。我們喝光了兩瓶酒。這點酒，以我跟岩瀨的酒量都不用擔心會說出什麼不必要的話。

方才發生的那事，當然我們也半點沒提。本來還有點期待他不曉得會不會刻意說些什麼來解釋搪塞，又或者試圖把那段對話的影響淡化，重新施妝抹粉，但是他什麼也沒提及。我們就像沒有發生過那段對話一樣地聊天談笑，吃得酒足飯飽，微醺得恰到好處，暢暢快快回去了別墅。岩瀨自己打開電視，我只好陪他看了半小時左右沒什麼趣味的節目，之後兩人輪流去洗澡，互道「晚安」後各自待在一樓跟二樓。

一進臥房，我馬上關緊房門。也不是怕岩瀨闖進來，而是完完全全、絕絕對對地想要自己一個人。躺在全新的被褥上一閉上眼睛，眼皮底下，馬上浮出了岩瀨說的那些話。兩種我都可以應付。我就是這種人。我都能應對。了解。這些個話，像印在紙牌上一樣地在腦中旋舞。

離婚後也跟幾個男人交往過，有維持了幾年的，也有僅只一次的。有時是我傷了別人，有時是別人傷了我，理所當然，但是從來沒有遇過有人像岩瀨今天那樣對我講那種話。是我遠離這類男女關係——或者說人際關係——太久了嗎？已經被遠遠拋在後頭了嗎？現在世界已經變成這樣子了嗎？人跟人之間，已經會說起那樣子的話了嗎？

隔天天氣微陰，我們中午前便朝著湖泊出發，畢竟那正是此行目的。

沿著山路上上下下，穿越了兩個別墅區。岩瀨想到了一個遊戲，把那些沿途出現的咖啡跟民宿的名字唸出來說笑——頑固老爹的秘密基地。夢毛毯民宿。魔法使者的披薩店……。

眼前一出現那一大片大到離譜的停車場，後頭就是那片湖了。映照著微陰天空漫溢開來的湖泊。放眼望去，一大堆橘色旗幟，上頭畫了很奇特的角色，經岩瀨一說才看懂，噢，原來那是擬人化的湖泊。觀光客看來，應該就只有我跟岩瀨兩個。在邊緣插滿了一整排旗幟的棧橋上，有個穿了跟旗幟同樣顏色防風外套的初老男人，跟一個膚色微黑的年輕女人，兩個人雙雙手插在口袋裡頭對著我們瞧。

我們走向那邊，搭上一艘天鵝造型的小船。大概所有不小心跑來這兒的人都會這樣做吧，畢竟也沒有其他事可做。我跟岩瀨在窄憋的船艙椅子上並肩坐下，開始踩起踏板。這會兒，想起了很久以前一大票人來時，曾經租了好幾艘船比賽誰踩得快。那時候是夏天吧？歡聲、笑聲。我旁邊坐著一個比我大幾歲的男編輯，我們兩個在那趟旅行過後發展成了男女關係，雖然只是很短暫一段時間。那時候在那艘船內，戀情的預感已隱隱膨脹。爲什麼那時候能玩得那麼開心呢？爲什麼那時候能那樣無盡雀躍呢？

「那邊以前是飯店嗎？」

岩瀨指著對岸的房子問。是啊，我回，非常久之前了。岩瀨把方向盤轉個圈，朝那一片已被髒黑的龜裂與地錦藤蔓給侵蝕了的廢墟前進。我手機響了。有人傳了郵件來，是昨天連絡過的那個要幫我出書的責編。「您好，謝謝您來信通知。我知道了。晚點再跟您連絡」。

往下滑——，沒了。就這麼三句。也沒說到底可以等我到什麼時候、沒說要不要碰面討論一下、沒有寫半句對我的小說展現出任何關心的字句。沒有寫信來催稿就是這麼回事啊？那個聲稱什麼讀了我一本小說後感動得如何如何的年輕小妹妹，現在她工作做順手了，發現了還有其他更值得讓她邀稿的小說家嗎？

小船靠岸。岩瀨走下船，於是我也跟著下去。岩瀨踩著那滿布雜草的小徑一路往前，走到了飯店附近。正門的門把上纏了一個繞了好幾圈的生鏽的鎖，一看就知道沒辦法進去，但岩瀨還是搖晃了那個門。這一搖，夾在門縫間的好像紙片般的東西輕輕飄下。

「噯——，這很有趣耶。妳看——」

他把撿起來的紙片朝我遞來。一顆原子筆畫的愛心裡頭寫著「阿潤／沙織／Love」。另外幾張拿給我的紙上也寫了類似的——「春香跟小空，願愛永存」、「至死不渝，小智與茉里」……。

「這裡變成像巴黎新橋那樣子的地方啊……」

我說。感覺拿在手上有點詭異，於是又還給了岩瀨。岩瀨又拿著紙片看了半晌。

「可是要是變成那種知名景點的話，應該會夾更多紙片吧？」

岩瀨又拿了一張給我瞧。上頭寫著三年前的日期。

「這個妳不要拿回去呀？」

「我拿回去幹嘛？不要啦，這種東西。」

「寫小說的時候可以用啊，不是嗎？」

我沒作聲，於是他很妥當地又把那些紙片像原本那樣塞回了門縫，塞完後，好像剛做完什麼工作的人一樣仰頭望著那棟建築。

「哇——，這裡真的很像小說耶——。」

我揪著他的臉看。看得有點太筆直太直接了，他臉上浮出了一抹警戒。可能誤以爲我要講什麼嘲諷他吧？要不要呢，要不要毫不客氣地全面攻擊？念頭閃瞬而過，接著浮上整個腦中的是，我怎麼會在這種地方呢？我到底是爲什麼跑來這樣的地方呀——？

「好無聊的湖啊。」

我說——。

小說家の一日

凶暴情緒

爲了激勵自己，努力擠出滿腔凶暴的情緒。一用力打開了玄關門，門口居然有一隻貓。小光。一瞬間就知道了。因爲之前也在公寓走廊上看過牠。那時候牠飼主細著聲音啞啞地喊——「小光、小光」，接著衝下樓梯，最後尾音拉長的一聲「小光——」，抱起了那隻貓。是隻脖子上有紅色項圈的貓。那飼主看起來好像提早蒼老的小學生一樣，但是年紀應該跟自己差不多，所以三十歲左右？感覺莫名有點不在常軌上的那種女人。茉莉子住在這棟十二層樓公寓的八樓，所以那個女人應該是住九樓以上？曾經在電梯裡遇過她一兩次，感覺就是會在不准養動物的公寓裡偷偷養貓的那種女人。女人匆匆抱著貓，好像她那樣做別人就不會看見她跟那隻貓一樣地快步走上樓梯，完完全全沒有理會茉莉子，沒打招呼也沒點頭，彷彿茉莉子人根本不在那裡一樣。

等了一會兒，那女人今天沒出現。茉莉子往前踏出一步。貓也不逃，只是呆呆坐在原地，於是茉莉子伸出了手，抱起牠。沒有聽見有人在喊貓，搞不好那個女人還沒發現自己的貓不見了吧？大概是出門或回家或什麼情況下，那貓趁女人打開門的時候，輕溜溜從腳邊溜了出去吧？總之，茉莉子也不知道那女人住在幾號，根本沒辦法做些什麼。

她把貓抱進自己家中後，便關上門鎖起。晚點回來再等等看，應該會聽見那個叫喚貓的聲音吧，到時候再還貓好了。只能這樣做了啊，又不能把貓抱去禁止養貓的公寓管理員室吧？今天得早點出門，不然又要在醫院等好久了。

結果還是等了一陣子。快兩個小時後才回到家。公寓大門後的門徑那邊，那女人就在那兒。小光——，小光——。都三月中了，她只穿了一件白色襯衫加一件茶褐色厚重的裙子，腳上套了雙球鞋，這樣的打扮。她一邊壓低聲音叫喚，一邊彎腰沿著植栽走，看起來很努力不要讓管理員發現，但是她那樣子，任何人一看就知道她在找一隻跑掉的生物呀。

茉莉子從她朝植栽探頭的屁股後走過，完全提不起勁跟她講話。她現在半點也不覺得自己有能力完成跟這女人攀談、解釋，然後把她帶回家、歸還貓的這一連串行動。一直走到了家門口時，她早已將女人與貓的事情拋諸腦後，等她打開了門，一個不明黑色物體衝過來，她才想到——啊！貓！趕緊把門帶上。貓在門口徘徊了一下後，仰頭朝著茉莉子喵喵叫。看來牠忽然被帶來了一個陌生家裡，雖然沒有恐慌，但也不是鎮定得毫無不安。茉莉子沒理牠，逕自走去廚房。

她從冰箱裡頭拿出瓶裝可樂，站著就猛灌一大口。忽然想到，現在這身體可能不能喝可樂，隨即對浮現這樣想法的自己感到煩躁。最近身體一直熱熱懶懶，現在明白狀況了，更覺得不舒服了。因爲這樣，她完全沒有漫畫與連續劇裡那種忽然會湧現一種神秘而溫柔、能守護這孩子的人只有我的那種心情。甚至可以說，那種美好的心情是零。

茉莉子繼續拿著可樂走去客廳。跟飯廳相連的客餐廚空間，整個加起來超過了十坪，一直連通到可以俯瞰整個街景的陽台。還有一間臥室。要是自己付房租，絕不可能住得起這樣位於東京都心的公寓。原本窩在客廳的貓看見茉莉子一走來，馬上一溜煙跑了。通往玄關門前的走道門關著，那貓便在那門前喵喵叫了起來。喵——、喵——、喵——。抗議一樣。

喝完了就下去吧。那女的一定還在那裡找貓，茉莉子心想。但是喝光了可樂後，她還是沒站起來，反而拿起放在玻璃咖啡桌（那也是她自己賺錢的話絕對買不起的）上的一份信封袋。下午有個約，在那前要先讀完一份稿子。不過反正這也不太花時間，反正一定是很輕薄的稿子——不管份量或內容都是。

信封袋中取出的稿紙封面上，標題居然是〈流向低底〉，眞讓人想發笑。簡直就是在描述我的狀況嘛。流向低底。住在這種過於高攀的公寓裡。把瓶裝可樂放在玻璃桌上。流向低底。做著得看這種稿子的工作。

隨意翻了幾張便厭煩了，茉莉子走去窗邊。從陽台左邊的這扇窗裡，看得見公寓入口跟入口後方的公共通道。沒有看見那養貓的女人。正這麼想，忽然看見那女人從馬路的對面走向公寓。就穿著那件薄得要命的襯衫出去找貓啊？那女人左晃右看，不時也回頭張望一下，失魂落魄走近了公寓。我得下去才行。茉莉子正打定主意，起身一邁開腳步的時候，電話響了。

佐佐木的聲音聽來很不悅——雖然他試圖掩飾。茉莉子答應會打電話給他。

「抱歉抱歉，睡著了，人有點累。」

一說完，佐佐木馬上問——

「去了沒？」

「去了啊。」

「然後呢？」

「然後」？茉莉子心想，被這樣問的時候，到底應該怎麼答比較正確啊？

「在呀。」

於是她這麼答。

「嗄——？」

佐佐木很焦躁反問。

「在呀。」

「在那裡是懷孕的意思嗎？」

「是啊。」

佐佐木沒說什麼。茉莉子心想，再來應該換我問「然後呢」了嗎？可是沒問，兩人又沉默了半晌，最後佐佐木才終於悶聲吭了個「嗯──」。

「妳怎麼回答醫生的？」

「什麼怎麼回答？」

「會吧，醫生會問吧，妳的打算。」

「打算？」

「要生不生之類的啊──」

「才不會問那種事咧，那麼沒禮貌。那樣很冒犯吧？當然是說恭喜呀。」

茉莉子說謊。佐佐木又默不作聲。

「然後呢？」

又來？茉莉子沒應聲。

「妳要生嗎？」

佐佐木終於問了。這下茉莉子更不想說話了，這就是她的回答。於是懷孕的話題就先這樣半途打住。佐佐木說晚上會過去。茉莉子掛掉了電話，走到窗邊往下看時，已經沒看到那女人的身影了。是放棄回家了嗎？還是又跑去馬路上找了？總之，茉莉子再度失去把那貓還到那女人家的方法。

她看向貓。貓正蹲在通往外頭走廊的玄關門前，緊緊瞧著她看。大概一直被關在這間房間裡不能出去，開始心生警戒了吧？茉莉子想起自己早上心情很凶暴的事，心底對貓說了句「好可憐噢」。你已經不能回去了唷。你被軟禁了噢。

茉莉子拿著稿子走進臥房。感覺跟佐佐木講完了電話後更累了。

她沒有帶上房門，因爲她感覺一帶上了門，就好像被監禁在裡頭一樣。

床是水床。就是因爲這樣，使得這間有五坪大的臥房看起來好小。當然床也是佐佐木買的。當初從家具店送來了之後他就迫不及待躺上去，像小孩子一樣在上面滾來滾去——我就一直想買這個，一直不能買。我老婆說什麼這好像性愛旅館一樣，一直不讓我買。

跟佐佐木是在一次聯誼上認識的。

那是打著「能認識年薪超過一千萬日圓的菁英男士」爲號召，徵求對外表有自信的女人參加的一個餐會。但是茉莉子當初的目的並不是去找男朋友的，身爲自由寫手的她是因爲被委託了一份報導，才會混進那場餐會。她可以跟神發誓，當初的目的純粹是這個。

可是就結果來說，她成了佐佐木的戀人——或者直接說，就是小三。那時候佐佐木看上了她，而她也對他抱持好感。兩人交換了手機號碼，私下約出來見面的時候茱莉子跟他坦承了參加那場餐會的眞正動機，但佐佐木非但沒生氣，反而還覺得很有趣。直到今天，茱莉子都覺得當初自己喜歡上的是他的人，而不是他的錢。那些去參加餐會的幾乎全是已婚男人，所以表面上，那是一場去認識朋友、拓廣交友圈的餐會，但實際上，大家都心底有數。佐佐木是一家專做自費出版的出版社老闆，後來茱莉子是寫了關於那場聯誼的報導了，可是那之後，她差不多就只專接佐佐木轉來的工作。

現在茱莉子每個星期有兩三天，會跟佐佐木在這張床上睡覺。佐佐木不會在這兒過夜。他不但有個妻子，還有個思春期的女兒。他說現在還是乖一點吧，等我女兒高中畢業了，我就能離婚了。到時候，我們就光明正大在一起，等到時候，我們再來生孩子吧。他這樣跟茱莉子講，是在三年前他們認識的那一年，茱莉子第一次懷孕的時候。

佐佐木的獨生女現在高三了，所以明年三月就會畢業。當然，茱莉子也不覺得到時候離婚的事會進行得多順利，只是至少，佐佐木所謂「現在還是乖一點吧」的日子到時候應該就能結束了。既然已經知道快要結束，她懷孕的事，佐佐木應該不會不高興吧？

下次又懷孕的話，一定要生——佐佐木的這句話她根本沒打算信。只是或許，多少她是眞的信了。所以才沒再那麼認眞避孕。她第一次懷孕之後，佐佐木那種激情狂縱的做法也沒有任何改變，所以他一定是對於自己還是難掩熱情，而不只是放縱情慾，而且他一定想要我這一次就生下來吧——茉莉子心底有某個角落，如此相信。

看完稿子後，肚子有點餓。茉莉子走去了廚房。

家裡還有飯店牌罐頭濃湯，乾脆配那個，把還剩一點的棍子麵包吃掉好了。茉莉子心想，把罐頭倒進小鍋子，倒到一半時突然一陣反胃，整個人趴向流理台。上星期還以爲這狀況是感冒，那時心情還沒這麼糟。

她渾然想起貓。把鍋子拿得遠遠地，拿去通往玄關走道的門前。她一走動，貓馬上便從原本待的那門前往客廳的方向逃竄，但等茉莉子一站得稍微遠一點，從一段距離外窺探那隻貓，那隻貓又溫溫吞吞走到了鍋子前，嗅了嗅味道，但沒吃。

茉莉子並不討厭動物，但從來沒養過貓狗。她的祖父母家養過狗，她記得那隻米克斯好像都吃人吃剩的，難道貓不是這樣嗎？還是不在自己家就不吃了？

不過這隻貓從今天早上就沒吃任何東西耶？這下子意識到了這件事。雖然決定軟禁牠，但要是死了就討厭了。茉莉子把棍子麵包泡在牛奶裡，放在盤子上，跟裝水的碗一起端過去。貓雖然靠過來聞了聞，但還是不吃，也不喝水。茉莉子這下子真的沒辦法再理牠了，她再不出門不行了。搞不好人不在家裡牠就會吃。晚點回來時再買貓糧回來好了。

約定的地點，是隔一個車站的一家面朝大馬路的咖啡館。通常茉莉子都指定在這裡碰面，請對方過來。都是一些沒見過世面的，還以爲這一行就是這樣呢，也不會抱怨，還因爲那家咖啡館還算有點名氣，蛋糕也好吃，有些人還會感動。

但是沒位子的話就有點麻煩了，所以茉莉子提早到。運氣很好，有窗邊的座位。她把告知對方當成「標識」相認上頭印有公司名稱的信封袋放在桌上顯眼處。從這位子，可以看見對方從窗外走來的身影，通常她一眼就看得出哪個人是「客戶」。那些人不分男女老幼，身上統統飄著一種味道。

忽然有人站在了桌前。茉莉子心想——我知道這個顏色跟氣息。下一秒鐘，她詫訝地抬起臉來，發現站在眼前的人是小光的飼主。

「請問您是櫻谷小姐嗎？」

女人聲音細弱地問。

「呃……，是啊，您是……」

茉莉子趕緊從信封袋裡拿出一份原稿，確認一下上頭的名字。

「眞行寺……小姐嗎？」

「是，我是眞行寺千草。」

眞行寺千草在穿著找貓時同樣的一副打扮，只多套了一件風衣。

您好，初次見面，請坐請坐。茉莉子試著掩飾慌亂，轉換情緒，像平常一樣招呼。原來〈流向低底〉的作者居然是小光的飼主？千草看來完全沒有注意到茉莉子是住在同一棟公寓鄰居的樣子，搞不好之前在公寓走廊上碰到時，她眼裡完全只有貓嗎？甚至搞不好她根本也沒認眞看過任何一個搭同一台電梯的鄰居，還是她覺得根本全都長一樣？她現在跑來這裡，這代表她已經放棄了找貓嗎？不，應該是這邊對她來講，比找貓重要？

「這一次眞恭喜您。」

那種凶暴的情緒又湧上了心頭。茉莉子臉上戴著笑說。

「眞的嗎，佳作？」

千草訥訥地瞅著茉莉子問。

「當然是眞的啊。」

眞的很恭喜您，茉莉子又說了一次，拉大了微笑幅度。這種表情已經不是寫作者，而是一個業務員了。〈流向低底〉當然是佳作呀，只是除了我之外，沒有任何人讀過就是了。佐佐木的出版社主辦的小說創作大獎，首獎只有一名，其他來投稿的全都是佳作。要騙那些人下決心自費出版，當然是要找個理由給他們哪。

「您這篇作品眞的很有意思，我個人覺得，跟首獎那篇相比毫不遜色，稍微修潤一下之後一定會是一篇很傑出的作品，就這麼埋沒，實在太可惜了。」

這些說詞全都同一套，茉莉子現在說起來像打開水龍頭一樣，流利得很。

「所以那個……呃……書……」

千草好像忍不住就是要提起這話題，這也完全是一種「標準」反應。

「是啊，我們很希望能有這個機會幫您出書。」

您覺得呢？茉莉子問。這個意思其實是「要妳出錢啦，妳覺得怎麼樣？」。不過很少人會在這個時間點就意識到這一點，當然，接下來會跟對方說明收費方式，不過那時候對方已經滿腦袋都是蛻變成了「作家」的欣喜欲狂，而這，就是他們的招式。

茉莉子從信封袋裡取出只寫了作者資料的紙張。她來這裡前已經確認過了，不過現在發現對方是住同一棟公寓的住戶之後，整個印象爲之改觀。噢，原來她今年三十二歲呀，跟茉莉子同年。

「請問眞行寺千草是您的本名嗎？」

「是。」

「地址是東京。請問是東京的哪裡？」

「港區，離這裡很近。」

「噢——，這樣呀，您跟家人一起住嗎？」

「不是，我自己一個人住。」

「自己一個人住……」

茉莉子用眼神示意她繼續講出這邊想得到的情報，因爲她職業欄裡寫著「無業」。又不是已婚也不是住在家裡，那麼一個沒有工作的人到底是靠什麼生活的？而且還是住在那棟公寓？

「我……爸媽很支持我……」

千草很困窘地說。那副表情看起來好像也有點習慣回答這類問題了。

「他們答應我，我當上小說家之前會照應我的生活，所以要是他們知道我可以出書了，一定會非常高興的。」

不是可以出書了，是要「自己」出書了。茉莉子在心底吐槽。妳，或者該說是妳爸媽，又或者說是妳爸媽的錢。不過沒問題吧，反正他們這次應該也會支持妳的。

「好，那我們來聊一下您的稿子吧？」

茉莉子再度把稿子拿出來。剛躺著看那份稿子時，已經用紅筆把有疑點、該修正的，還有當然——要稱讚的地方都已經做上了記號。讓對方覺得自己好像真的是小說家是非常重要的，這樣等談到錢的時候，對方才不會覺得妳是在敲凱子。

兩人一起走出了店外，茉莉子往跟真行寺千草相反方向走。

她在超市買些自己要吃的食材跟貓糧，這樣就不用跟千草一起走回家了。不過現在回去，還是有可能在公寓前面碰到她⋯⋯。算了，那也沒辦法，到時候就裝出一臉訝異好了。因爲剛才只聽她說了電話號碼跟郵件地址，沒想到兩人居然住在同一棟公寓。

不過回到了公寓時，並沒有看見千草的身影。要出書太興奮，開始覺得貓咪的事根本無所謂了嗎？還是還沒回來，先跑去跟支持自己的爸、媽報告了呢？

一打開了玄關門，一陣異臭竄上鼻尖。她尋著那異臭而去，發現床上有污漬。對了，活的生物會排泄。她邊惱惱，一邊找貓。哪裡都沒有，開始緊張起來了。最後終於發現牠躲在床下。算了，就讓牠先在那邊好了。茉莉子察覺擺在家中的水跟牛奶好像有減少，但是棍子麵包依然沒有咬過的痕跡。她將貓糧倒進了別的碗內，放在同樣地方。去買個貓砂盆好了——茉莉子決定，她現在已經知道了牠飼主的連絡方式，卻不知爲何沒有想把貓歸還。

貓砂盆就放在超市裡的貓糧區旁邊，有那種附上貓砂跟貓砂鏟的整套組合。她抱了一整套貓砂盆用具回家，發現千草正站在公寓入口處的通道上。

她一眼就跟面朝著大馬路傻愣愣站在那裡的千草對上眼。千草怔怔看著她。茉莉子直覺就把抱在身體前那一大包東西改抱在腋下，剛才店員要直接在箱子上綁上繩子讓她提，但茉莉子改請他放進大塑膠袋裡，看來做對了。

「您好——」

茉莉子定下心來，開口招呼。

「您該不會也住在這裡吧？」

「是啊。」

千草茫然點點頭。她好像還不能理解到底發生了什麼事，臉上表情好像在說，佳作果然給錯人了嗎？您是追來要告訴我這件事的嗎？

「眞巧呀，我也住在這裡——」

「咦……，是嗎？您住在幾號？」

「我住 803 號。您呢？」

「我住 1205 號。」

十二樓的住戶號碼。三十二歲沒工作，靠爸媽養，還住最高樓層啊？茉莉子心想。

當下其實她直接走進公寓就行了，可是不曉得爲什麼，茉莉子又問了一句——「怎麼了嗎？」也許是有點壞心眼吧？千草稍稍猶豫了一下——

「我的貓不見了……」

「貓？」

這下茉莉子更壞心眼地追問。

「我知道這裡不准養貓，可是我還是養了。今天早上不見的。我家電鈴現在有點怪，我早上開門去檢查時，可能那時候跑掉的。我發覺的時候已經來不及了……」

千草好像嘴巴上被貼了個什麼膠布突然被人撕下來一樣，一口氣全盤托出。可是什麼叫做「可是我還是養了」？聽起來就像這種女人會說的藉口。

「我陪妳一起找吧——？」

「嗄……呃，沒關係……」

「怎麼會沒關係？妳不趕快找到貓，就沒辦法專心弄稿子啦。」

茉莉子也不曉得事情爲什麼會發展成這樣，找一隻根本就不可能會在這裡的貓？她蹲下來朝植栽內窺探，又走到第一個紅綠燈那邊，再從對面走回這邊的步道，又跑到公寓停車場從這邊找到那邊。在停車場那邊很慘烈。悶在地下室的臭味濃得離譜，一下霍然衝進鼻腔，把她整個人薰得蹲了老半天。我到底在做什麼呀，眞是。我這到底在幹嘛啊——？

她拖著腳步慢慢走回公寓正面的時候，人正在那裡的千草「呀——」一聲馬上奔過來。好像是因爲茉莉子彎著腰往前走，她以爲她抱著貓了吧。一發現手上根本沒抱貓，千草表情轉爲好像在責怪茉莉子一樣。下一秒鐘，她整個眼眶中就湧出眼淚來了。

「今天先回去吧。搞不好牠在妳家門口等妳。」

茉莉子隨口講。她感覺後悔得快要想吐了。不是因爲軟禁貓，而是因爲陪千草一起找貓。她現在只想趕快回去她家。

「都是我不好……」

千草爆哭，邊哭邊講——

「我要出書，貓才會不見的啦——。都是因爲我心願實現了，另一個重要的東西就不見了。人是不能同時擁有兩個珍貴的東西的，我那時候接到電話，說什麼被選上佳作的時候，心底就感到怪怪的了，我有預感，一定會有什麼東西消失，那時候我就知道了……」

「說什麼傻話啊——」

茉莉子在心底輕啐。

茉莉子像把哭著說要再繼續找一下的千草丟下一樣，自己一個人先回去了。

她一進門就開始找貓。因爲她也開始擔心起來了，這隻小光該不會跟那個傻妞千草一樣，眞的「因爲要出書」就死了吧？結果小光躲在沙發底下。臥房門關著，被子再被牠弄髒的話眞的受不了！所以牠沒辦法進去躲在床底下吧？裝著貓糧的碗已經空了，看來至少不用擔心牠餓死。

接著該怎麼辦呢？她正心想，一在沙發上坐了下來，小光立刻一溜煙溜去了走道那邊，便發現客廳角落那台工作桌上的室內電話留言通知燈閃著。這台室內電話是附帶傳眞跟影印功能的複合機種，這幾年，有事要找茉莉子的人不是打她手機就是傳郵件，留言模式雖然一直開著，根本幾乎沒看它閃過。茉莉子按下了播放鍵，傳出佐佐木的聲音。

「喂，我是佐佐木。抱歉今天晚上不能過去了，要工作。孩子的事我思考過了，對不起，希望妳能夠放棄。想想還是各方面都很困難。我們應該要見面當面講的，但是我想早點說比較好。再跟妳連絡。」

嗶——一聲，電話報出了留言的日期跟時間。下午一點四十八分。佐佐木本來就知道茉莉子今天下午一點半起要出外開會，幹嘛……不，他就是這樣，所以才在那時間打過來的吧？特地不打平時總是打的手機，刻意找出了很久以前茉莉子告訴過他的室內電話號碼，就爲了在她不在家時留下留言。這樣比較容易清楚講出那些難以啓齒的話嘛。

眞是的，直接打我手機就好了，茉莉子在心底啐唸。其實她早就知道了佐佐木的心意，她不知道的，只有自己的心思而已。不，她根本早就清楚了自己的心思。

茉莉子抱著原本裝貓砂盆的那個紙箱，走進電梯。

已經快下午六點了。抓小光花了一點時間，牠現在正在紙箱裡喵喵叫。鬼吼鬼叫，這樣講好像比較貼切。喵嗚！嗷嗚——！喵嗷——！一直吼、一直叫。可能因爲被追、被抓、被丟進了箱子裡關起，牠不曉得到底發生了什麼事，陷入恐慌了吧。

茉莉子現在同情自己都沒時間了，哪有時間同情貓？更沒心思同情牠的主人了。她按下了1205號住戶的電鈴，這時才想起她家門鈴壞掉的事，又想她現在搞不好人還在外面晃，就不禁想啐舌。這時，門打了開來，哭得眼睛都腫了的千草來開門。

「這個在我家門口耶，這是妳的貓吧？」

瞬眼說瞎話。她把整個箱子塞給千草，千草趕緊往箱子縫裡一瞧，立刻喊出聲——「小光！」太好了，那就這樣啦！茉莉子毫不多廢話地就要轉身離開的瞬間，瞥見了千草背後那個客廳門後的景象——一整面書櫃，塞了滿滿的書。地上也是書。還有列印出來的大概是千草的小說紙本稿吧？茉莉子自己打開了剛才走進來的那個門，走出走廊，關門。

千草沒追上來。連句謝都不說啊？果然看起來就是連這點教養都沒有的女人。被爸媽保護得好好的，住在這種高級公寓的最高樓層，也不工作，大概連朋友也沒有吧？不寫小說時八成都在啃那些書。

她走到了電梯前，但又轉了個身。幾乎是小跑步一樣快步又走回了千草的門口。她按下門鈴，但是這次門一直沒開。她拍了拍門，終於，千草來應門了。

千草的臉上籠罩著一層警戒——不，根本就是敵意。什麼嘛，好心把貓送來給她。她現在裡頭另一扇門關得緊緊的，看不見那後面滿坑滿谷的書。貓現在應該在那門後吧？一定剛從箱子裡面放出來，那貓現在肯定發出了跟剛才截然不同的甜膩叫聲，正把頭埋進了愛吃的貓糧裡頭大快朵頤中？

「妳偷了小光吧！」

茉莉子還沒開口，千草已先聲奪人。

「我剛在下面碰到妳的時候，就看到妳手上抱著貓砂盆的紙箱袋口看得到。剛還想爲什麼呢，結果就是妳把小光關起來的吧！」

「是牠自己跑來的好不好？我看牠在我家門口晃來晃去，好心先收留牠的。剛才沒告訴妳是我不好，可是我也有我的事要忙啊！」

「什麼事，跟我的書有關嗎？」

茉莉子哈哈乾笑了兩聲。心情凶暴。沒錯，就這個，我現在正需要這個。

「我可不是來跟妳解釋我有什麼事的，我來是……」

她看見千草穿的白色軟衫外頭套了一件她剛才沒穿的藍色開襟外套。外套上，縫著很多黃色小鈕扣，每一個鈕扣上都畫了小小的紅色貓咪臉龐。

「有件事一定要告訴妳，妳那小說完全不行耶——！眞是爛到澈底。妳那爛小說能被選上佳作還要出書，是因爲我們做的就這種生意呀！全部來投稿的，都選成佳作，讓你們出書！聽得懂嗎？錢啦，就是錢啦！妳在我們眼中的價值不過如此。妳那小說啊，只有我讀了。老實告訴妳，眞是糟糕透頂。文筆爛、角色陳腐乏味、內容無聊透頂。什麼事都做不好的一個主角忽然間撿到一隻受傷的貓，那隻貓快死了，但是又活過來，之後所有事情都變得很順利？有這麼美妙的事啊?妳還眞信哪?」

千草沒哭。她一臉凍結了的表情聽著。等茉莉子講完了後,同樣表情地跟她說聲「妳可以走了」。茉莉子走出門外走廊,聽見門在背後關上,喀嚓一聲鎖門的聲音。接下來,她一定會哭吧。

茉莉子回去了自己住處。第一時間映入眼簾的正是那個貓砂盆。她剛因爲要用紙箱,而把盆子拿出來,後來那盆子就一直那樣被丢在客廳裡。

她筆直地走向它。一腳把它踹飛——朝著那玻璃桌。塑膠製貓砂盆撞到了鐵製桌腳,發出了疲軟卑微的聲響。接著茉莉子走去了廚房,把裝貓糧的袋子拿到客廳,袋口朝下全都灑在地上,伸腳踩個碎爛,還抓起來用力扔向牆壁。

等她一回過神,發現自己已經失了魂一樣跌坐在地板上。屁股底下,壓著粉碎的貓糧顆粒。好,接下來要幹嘛?她想。

她有好幾個選擇。可以打電話給佐佐木。也可以不打給佐佐木，而是打去他的公司。也可以不打到公司，而是打去佐佐木家。可以不找佐佐木聽電話，而是跟他的老婆，還有女兒講。

也有不打電話的選項。她可以把手機裡頭佐佐木的號碼刪掉。不，乾脆直接把整支手機都砸爛好了。但是這樣，應該要連室內電話也破壞，讓佐佐木沒有辦法打電話給她。

總之，先站起來吧，茉莉子心想。只有一件事是確定的，那就是離開。離開這間房間。離開這兒。

小説家の一日

名字

七月十九日

晴天霹靂。明希今天吐露了一件事，說是有想結婚的對象，而且她還懷孕了。

對方說是一個叫什麼木村的，她職場的上司。我去他們店裡時看過幾次那個人，感覺還滿親切的，但沒料到居然是自己女兒的交往對象。畢竟那個木村先生都已經是中年人了。今天明希跟我們說是四十歲。跟二十五歲的女兒相比，簡直跟我們的年齡還比較近。

不是，問題不只在年紀。那個木村說還有老婆。明希說已經在談離婚了，沒問題。但怎麼可能會沒問題呢？

她爸爸當然是強烈反對。講到一半氣得走人。這孩子一直都很聽話懂事，怎麼會這一次完全不讓步，她爸講什麼都不聽，心裡大概也受到很大衝擊吧……。

要想點辦法。不快點想辦法不行。她爸在臥室裡一直那樣唸。是沒直說，但是那意思就是要讓她快點把肚子裡那孩子給解決掉吧？眞由子，妳好好跟她講一下——這樣跟我說。我當然會再跟孩子好好談談，但是要怎麼談呢？難道要我去叫她放棄肚子裡頭的小生命嗎？我怎麼可能講得出來？我也不想講。但所以呢？我也不可能鼓勵自己女兒跟一個年紀大十五歲，而且還有老婆的人交往呀。

我只想要自己女兒幸福而已。

這種感覺很討厭。這一個多月以來，眞由子都有種不祥預感。原來如此啊，明希跟他們坦白的時候，她恍然大悟。

那應該算是一種女人的騷味嗎？——打從明希進入青春期後，她就隱微感受得到的那股氣息，如今變得濃烈且具體了。那氣味淡時，自己有時候還會邊覺得尷尬邊覺得那是一種女兒成長的象徵而寬慰，但這一次就只是討厭而已。不過這種心情，當然一直小心翼翼地不要被女兒發現。

週日吃晚餐的時候。桌上擺著眞由子準備的菜色：番茄沙拉、毛豆、炸天婦羅。明希平常是不幫忙家事的，頂多只會打掃她自己的房間。

「噯，那個，我有事想跟你們講耶——」

她幫她爸在玻璃杯裡倒入啤酒，她爸正拿起酒杯，要對她表示謝謝時——眞由子的體質不能喝酒。明希忽然有點呑呑吐吐這樣開口，所以祐一郎也滿臉期待地覷著明希的臉問「嗯——？」他一定想都沒想到，竟然從女兒口中接下來會聽到讓自己那麼絕望的話語吧？

明希開始吐露情況。對方是她園藝店的上司，還有說了他幾歲的時候，眞由子忽然就想起，啊，就是那個男的。她也不是被介紹過，只是去買花苗的時候，剛好有個身穿工作服的男人從她女兒身邊走過。瘦瘦高高，看起來還滿知性——至少他本人是散發著這樣自我評價的這種氣息——的一個男人。那時候眞由子一邊跟他點頭致意，一邊心底湧現了一種奇異的感覺，現在想想，原來就是那種預感哪——。

「然後啊，他現在是已婚狀態啦，目前。」

他爸剛聽到對方四十歲了已經大受打擊，現在她又如同乘勝追擊一樣，加了這麼一句。嗄——？祐一郎口中發出了簡直媲美現在年輕人的口氣。

「不過沒關係啦，他們正在談離婚。他在跟我交往很久前，他們就已經是家庭內的分居狀態了。」

「沒得談啦——！」

祐一郎猙獰地丟出了這麼一句。

「爲什麼？他就已經要離婚了呀——！」

「那也應該先離婚了，再來談吧？都還沒離婚，談什麼結婚？那傢伙在想什麼啊——？」

「我懷孕了——！」

嗄——？祐一郎沒有再出聲了。他好像沒聽懂女兒在講什麼一樣，看向眞由子，一副要她幫忙翻譯的樣子。眞由子也趕緊搖頭。她自己也不知道自己到底爲什麼要搖頭。

祐一郎不發一語站起，然後就走出了飯廳。正方形餐桌上，只剩下眞由子跟女兒面對面坐著。那什麼意思啊？明希啐了一句，眞由子無奈地直直瞅著女兒的臉問——

「幾個月啦？」

「兩個月了，說現在第五週——」

明希臉上揚起了一抹得意，甚至還有幾分挑釁。這是一種眞由子從沒看過的表情，她心想，這孩子居然會擺出這樣的表情嗎？

「妳要想清楚再決定——」

她也不知道還能怎麼講，只好這麼說。

「我就已經想清楚了呀，也決定好了啊。」

明希一副怎麼妳還聽不懂呀的表情這樣回她。接著意思意思吃了幾口已經冷掉的天婦羅，說了些「我再來可能會害喜，妳做菜的時候注意一下菜色喔」之類，搞得眞由子完全沒了胃口。

當晚洗完了澡，她回房睡覺時發現房裡味道好重，祐一郎正在吃泡麵。他晚餐幾乎沒吃，現在應該很餓了吧，但也有種好像要故意讓人看看他到底有多生氣的感覺。

「後來妳們講了什麼——？」

「也沒特別講什麼啊……」

祐一郎重重嘆口氣，粗魯地把泡麵擱在床邊桌上，動作太粗暴了，湯汁都灑了出來。

「什麼要跟一個有家室的男人結婚生小孩……，她根本什麼都不懂，腦袋裡頭就把一切想得太簡單了吧——」

「說是兩個月了。」

眞由子一說，祐一郎渾似被人賞了一巴掌的臉。

「還來得及處理。」

「處理？」

祐一郎的表情逐漸扭曲。

七月二十三日

海之日。今天早上宣布梅雨季結束了。明希今天剛好公休，陪我去買菜。

那之後她就一直避免跟我還有她爸講話，所以今天說要陪我一起去，我好開心。天氣熱，開了車子出門，去了Garten。

她跟木村聽說是從她一去那裡上班之後就熟識了起來。不過她說，一開始還很小心不要跟他變得太好，因爲知道他已經結婚了，但還是不知不覺就變成這樣。還說木村是眞的要離婚了，他太太也知道明希的存在，也已經接受，所以不會有麻煩的。還說木村想跟我們見個面，說明這些。

反正她現在就是整個人都迷上了那個木村啦，徹頭徹尾相信他。看見她那樣子，眞的說不出口叫她去拿小孩。身體狀況好像還好，也還沒有孕吐什麼的，搞不好害喜不會太嚴重就結束了。哎，我連這些都想到了，眞的是個做媽的。

今天晚餐依明希要求吃了烤肉。大手筆買了上等的好肉。家裡好幾天都沒有這麼和睦了，祐一郎看起來也很開心。後來決定讓木村星期六來家裡吃晚飯。

「阿岡——」

眞由子下意識說出口。雖然時常在心底呼喚他，但已經好久沒有眞的喊出聲了。那是她昔日戀人的名字。不是至今仍念念不忘，也不是還喜歡著他，絕對不是——眞由子心想。那男人爛透了。他只是隨自己方便利用眞由子而已——身心都是。她喊他只是出於一種習慣。每當她想起了什麼不想去想的事，就會藉由喊這名字來阻斷思考。不過到底爲什麼會下意識喊出一個自己這輩子都不想再見到的男人名字呢？

「嗯——？」

正在開車的明希問。女兒工作上常開小貨車，所以最近時常都讓她開車。不過說來，兩人也好久沒一起出門了。

「沒事，只是忽然想起了一些事，不小心唸出來而已。」

有哦，會哦。明希笑著說。好像沒聽清楚眞由子剛才講了什麼。

她們現在要去隔壁區一間叫做 Garten Court 的大型超市。眞由子本來想去附近市場買一些在地產的蔬菜，但因爲明希開口說要一起去，那麼熱的天氣，萬一在外頭走的時候出了什麼狀況就不好，所以決定開車去遠一點的地方買。Garten的東西貴，蔬菜又不新鮮，所以眞由子其實不太喜歡去那邊。

剛才她毫無由來想起的，是明希初經來的事。那時候女兒十二歲，好像自己上網查，也聽了朋友講，自己都準備好了，所以眞由子不是從女兒口中，而是從一些蛛絲馬跡跟氣息中察覺到的。她跟女兒確認了後，女兒說嗯，對啊，大大方方點點頭。眞由子立即拍手歡呼：「哇——！太棒了，恭喜！」她覺得女兒的反應好像有點太平淡，於是刻意強調了這事實。她覺得這很美好呀，是一件關於女兒成長很值得歡喜的事，可是想想，初經有那麼值得大驚小怪嗎？不就跟長高、胸前隆起一樣，都只是一種成長的過程？這會兒，不經意想起了這件事，自覺害臊，於是才會脫口叫出那名字。

「木村他啊……想跟爸，還有媽見個面啦。」

明希說。眞由子本來就想說她跟來買菜，一定是有什麼事情要講。接著明希開始滔滔不絕稱讚起了木村淳這男人有多誠實、又有多麼爲明希著想。眞由子心想，這種事我還不知道嘛！兩個人之間一切都還很新鮮的時候，看什麼都有趣，男人說想拋棄家庭跟自己在一起的時候，那男人當然超棒的啊。

「身體呢，怎麼樣——？」

眞由子一問，明希這下子更加多嘴饒舌了。她大概覺得自己獲得了認可吧。事實上，撇開跟木村結婚那件事不談，要生孩子這件事，不接受好像也不行。祐一郎似乎已經轉變爲這樣的想法。自從女兒跟他們坦承了後，祐一郎原本以爲是自己在避著女兒，沒想到等他一意識到時，反而變成了是女兒在躲著他，這好像讓祐一郎很受傷。在這種情況下，還要再叫他去想要女兒墮胎的事，根本是光想頭皮就發痲。老公的態度都這樣了，眞由子還能怎麼樣呢？

到了食物賣場時，明希看起來已經很開朗了，一直嚷著說晚上想吃肉啦，像個小孩子一樣。眞由子心底不禁湧起一絲酸楚，覺得這孩子眞是現實哪，但又覺得眞是天眞單純、惹人疼愛。這女兒毫無疑問是自己的心頭寶，用愛養育出來的，但不曉得為什麼，這一次比起木村，引發自己心底更多負面情緒的卻是自己的女兒，因而眞由子有點困惑。

晚上在餐桌上，明希總算又對她爸展露出這陣子沒有展現的笑容，像以前那樣幫她爸在杯子裡倒進啤酒。接著像交換條件一樣，提出了要讓他們跟木村見面談談的提議，她爸也只能答應。

七月二十五日

木村來家裡作客。邀他來家裡晚餐，所以我也努力煮了一桌好菜，結果卻不歡而散。

爸爸跟木村起了爭執，木村一氣，吃到一半就走人了。我們家爸爸的確是有點太失禮的地方，可是一個心疼女兒的父親，你還要他怎麼辦呢？反倒是那個木村，也太不成熟了，都已經四十歲的人了，老大不小，反應卻還那麼幼稚。眞難相信那樣子有辦法出社會工作。也許園藝家跟一般上班族比較不一樣吧，但感覺他好像有點故意展現這一點一樣。

明希完全站在他那邊，哭喊說什麼她爸太惡劣了，把自己關進了房裡不出來。我敲門也不讓我進去。她爸也是，牢騷個沒完，一直講木村怎樣怎樣……。看來我是得負責當中間人打圓場了，可是我也不曉得該怎麼辦哪。

西式燉牛肉、青菜沙拉、焗烤櫛瓜。

這些是當晚菜色。招待一個已婚卻讓自己女兒懷孕的女兒男友來家裡吃飯，到底該端出什麼菜色比較合適，眞由子想了半天，最後決定做這些。明希什麼也沒幫忙，卻在準備得差不多時跑來廚房看，唸了句「做一些平常一點的就好了嘛」讓眞由子不是很愉快。

木村準時來訪。帶了兩手五百毫升的罐裝啤酒當伴手禮，身穿一件淺蔥色工作襯衫跟一件卡其褲，顯得對比下穿了一身西裝，連領帶都打上了的祐一郎打扮得很滑稽。一開始，就已經存有歧異。

不過前半段時間還是儘量相處融洽。根據木村說法——如果全面相信他這個人講的話——他太太目前離家跟男朋友同居，實際上應該近期內就可以離婚了。木村這個人講話有種很自信、很果敢的氣息，讓人覺得可以相信他。他說什麼，旁邊的明希都一一輕輕點頭，臉上透露著一種自豪，這點大概也是個問題吧。

木村正是那種祐一郎平時不會有機會接觸到的類型。一開始，原本應該站在評斷木村立場的祐一郎，氣勢逐漸被木村壓過，眞由子察覺自己另一半爲了保持顏面，開始有點急躁起來了。

「木村先生，您是哪間大學畢業的？」

祐一郎這一問，觸發了爭執的開端。那時候，關於離婚還有今後跟明希的計畫等等都稍微講到了一個段落，老實說，在那個時間點問那個，是有點太唐突了。

「我沒念大學，甚至其實我連高中都沒畢業。」

木村臉上戴上了另一種微笑，這麼回答。

「哇——！」

大概他本人也沒料到祐一郎會是這種反應吧，比他預期的更糟。

「那時候你很叛逆嘛——」

明希想要幫他解圍一樣，說了這麼一句。也不太算是叛逆啦，木村的表情明顯連面對明希也黯淡了下來。眞由子在心底忖測，這人一定一直以來都在跟祐一郎這種類型的人對抗吧？

「我跟學校那種地方有點合不來。應該說是老師啦，不算學校。」

「所以您算是比較有個性的類型是吧？」

祐一郎問。

「是啊，比較接近，不是叛逆。」

「哇，很酷啊，那您跟您太太不會也是合不來吧？」

「什麼意思？」

「沒什麼意思，就是說……您想跟我的女兒結婚，那您太有個性也是會讓人很困擾嘛——」

「我們不是想結婚，我們是要結婚。」

木村壓抑著聲音如此強調。

「明希雖然是您女兒，可是她也是一個擁有自己思想的人。」

「你別講得好像很了不起一樣——！」

祐一郎大聲叱喝。老公的缺點就是這樣——眞由子心想，明知道自己不好，就是絕不低頭，一定要用恫嚇的方式解決。接下來，就你一言、我一語，爭鋒相對點燃了火藥庫。木村雖然相對來講比較冷靜一點，可是祐一郎的攻擊有點過了頭，他也馬上離座，對眞由子說「不好意思，我今天先走了，該說明解釋的，我都說明解釋了」，眞由子感覺自己好像也被木村給評斷了一樣。

追在木村身後出去的明希，沒多久也一臉悵然回來，肯定是被罵了什麼妳回去啦之類，搞不好還是更惡毒的。明希惱怒地責備她老爸，一副你看你啦的樣子。後來祐一郎又在臥室內，對著眞由子把他剛才怒罵木村的話又講了一次，要眞由子附和他。眞由子根本啥也沒想地簡直是只點頭娃娃一樣一直點頭。她眞是聽到受不了了，只希望趕快結束。

「那個男的就是看不起我啦——！」

最後祐一郎忿忿拋下的這一句，不曉得爲什麼在眞由子的耳內盤旋不已。她在心頭想，眞的就是這樣。

七月二十七日

明希離家出走了。

早上去上班，然後就那樣直接去了木村家。剛打電話回來，說這一陣子不回家了。我不停安撫她又勸她，就是不聽，她身體正是要留意狀況的時候，我眞是擔心得不得了。

她老爸只說「算啦算啦別管她」，好像還在鬧脾氣。還說什麼「反正結了婚就是會離開這個家嘛」。我問那是同意他們兩個結婚的意思嗎？他就說「都要生了，還有什麼辦法」，所以他那樣是不只原諒了明希，也原諒木村前晚那麼失禮嗎？

我真是，一顆心靜不下來。

因爲沒辦法，只好原諒了嗎？這之前我總算莫名了解了木村這個人的思考方式，還有他是怎麼生活過來的。跟那種人結婚，明希可能會幸福嗎？萬一結婚了之後，走得不順了，比方說木村另外有了喜歡的女人（他那種人一定馬上就那樣），難道也要說什麼「明希是一個擁有自己思想的人」，然後擦擦屁股走掉嗎？

我當然很希望明希能跟心愛的人在一起呀，可是結婚不光只是靠愛呀情呀就能維持得下去。何況愛跟情都只是一時的，要考慮到更現實的問題，畢竟那關係到以後的人生哪。不能挑一個只能一時幸福的，要挑一個一輩子都能夠讓自己幸福的。我就是這樣選的。所以我才會跟她爸在一起。我可能要找個時間，跟那孩子好好聊一聊這些。

走出婦產科醫院的時候，外頭巷弄已被夕陽染紅。

眞由子放棄了一開始看見的第一個電話亭，走進出了大馬路後的那一個。一開始那個電話亭離醫院太近了，被人看見，會覺得一看就是正在打電話報告檢查結果的女人。

但事實上她打那通電話正是爲了報告。阿岡現在應該正在公司的辦公桌前等她的電話。鈴響了三聲，阿岡接起。一發現是她打來的，馬上說：「啊——，辛苦了辛苦了。」

——檢查完了。

——謝謝您跟我連絡。一切都沒問題嗎？

——頭有點痛，不過沒事。我等一下會回去公寓睡一下。

——那就麻煩您了，我會再跟您連絡。

——等一下，你今天可不可以過來？幾點都沒關係，我想見你。你來我家。

——我先掛了，再見。

電話斷了。原本就知道會是這種結局，沒想到眼淚還是不爭氣流下來。眞由子開始哭了起來。一哭不可收拾，她大喊著狂哭著走在大馬路上。又過了個轉角，那邊再轉個彎，就是她上班的那家公司。在五樓要走上六樓的樓梯轉角處。阿岡跟祐一郎正在那兒竊竊私語。

——眞由子就麻煩你了，你要好好讓她幸福快樂。

——我知道。不用擔心，交給我。那麼……

——當然啦，我一定不會虧待你的。

眞由子醒來。

人在臥室裡。祐一郎正在旁邊的床上發出細微鼾聲。半夜兩點四十分。明希出走的那天晚上。算了啦！別管她——祐一郎這麼說。都要生了，還有什麼辦法——他也這麼說。接下來沒再說別的，反而湊過來趴向了眞由子，時隔許久，兩人又再度有了魚水之歡。

眞由子試著回想那夢境。她夢到一半，忽然好像意識到了那是夢。也可能不是在夢裡，而是在將醒未醒之際，腦袋中渾然想著而已。因爲前半段是記憶沒錯，但後半段卻只是她的想像。祐一郎的確曾經是阿岡的部下，但她並沒有看過他們兩個人在樓梯轉角商量那一幕。只是當初阿岡告訴她「離婚還是有困難」而且開始疏遠她的同一時期，祐一郎也開始向她示好，這點倒是事實。

所以我就跟祐一郎結婚了——眞由子心想。

就算那幕在樓梯轉角的情景不光是想像，而很接近事實，但我當初的確是覺得跟祐一郎結婚應該會幸福。

可是，幸福到底是什麼呢？

眞由子不由得也這麼想。跟祐一郎結婚之後，我一直覺得這就是幸福，可是我從來沒有去思考過什麼幸福。對於幸福，我一無所知。

七月三十一日

實在擔心明希擔心得不得了，沒辦法，去了一趟他們店裡。

當然知道不可能給我好臉色。早在這次的事情前，她就已經警告過我不要常去那裡了。但他們那裡是一家店，我又不需要別人的核准才能去，況且那家店的品項齊全、植物也健康，我不是去找她，我就是想去逛嘛。

只是今天當然是去找她，而且最好能連木村也一起見到。只要他開口說服明希，明希搞不好就會回家。而且我也想知道，他對於明希現在的身體狀況、今後兩人的事是怎麼想的。

女兒完全變了一個人。因為懷孕的關係嗎，還是因為木村……？她看我的時候的表情，眉毛挑得那樣高高的。從來沒有看過她對我擺出那種態度，我根本承受不了，整個人崩潰。

木村把我拉去店外。抓住我的手臂，好像什麼很了不起的人似地開始對我大放厥詞。被那樣對待，我根本完全就討厭這個人了。

然後現在還說什麼明希的事在他們職場上引發了一些風波，搞不好他們兩個都得辭職。不過那樣也沒關係，他說。還說什麼那樣就回他老家，看是要去當砍柴的，還是什麼的，講一些莫名其妙的話。到底是怎麼回事啊？我們怎麼可能把明希交給那種人呢，更不可能讓她生下那種人的孩子了。跟著他，明希絕對會受苦的。現在應該還來得及嗎？到底要怎麼樣，才有辦法讓她放棄？放棄那個木村、放棄孩子的事。

她老爸已經不可靠了，我得靠自己想辦法才行。回程時，一邊騎著腳踏車，眼淚飆了出來。現在也還邊寫邊哭。心情太差了。

蟬鳴煩囂。

這一帶也沒什麼大樹，怎麼會有那麼多蟬哪？真由子心底狐疑。

她把腳踏車停在腳踏車停車場，拿起手帕拭去額頭上的汗，一邊穿過了五顏六色萱草齊放的讓人覺得好燠熱的中庭。她本來是要去市場買菜，騎到一半時不曉得爲什麼莫名加速，一股腦就騎到女兒上班的這家店來了。

她不是要來跟女兒講話，只是擔心她身體狀況不曉得怎樣、有沒有好好去上班，但不曉得爲什麼，一到了這裡卻又不想看到她了。她一邊疑惑自己的心境轉變，一邊拘謹地走在園藝店賣場中。穿過了入口跟出口的門都大大敞開，使得冷氣一點也不涼的室內賣場，走到了陳列可以種植在庭院中的那種稍大的樹種那區時，明希跟木村就在那裡。兩人在豔陽下隔著一株樹苗，木村站著、明希蹲在地上。木村不知講了些什麼，然後明希抬頭望著他笑。那笑顏美得令人一凜，光采煥發的臉龐。

我不想看到這種情景！心念一竄而過。接著眞由子像要否定自己這種想法一樣，腳下一提，快步往他們兩人走去。一感到他們兩人轉頭望向自己的時候，心上突然竄過了一陣畏怯，但反而大聲責問——「在幹什麼啊！」比他們兩個更遠的一些店員跟顧客，也被驚嚇得往這邊瞧。

「妳趕快叫他們給妳換個賣場！在這種大太陽底下工作，要是出了什麼事怎麼辦——」

她已經比方才壓低了聲量，但嘴巴裡頭的開關好像自動打開了一樣。

「媽——！妳不要這樣！」

明希慌慌張張走近她，表情都已經扭曲，渾似見到了什麼害蟲一樣。

「妳到底來幹嘛啊？妳不要在我上班的地方亂講話噢——」

所以說，她懷孕的事，還沒有讓公司的人知道嗎？包括跟木村在一起的事？真由子一思忖，馬上脫口而出——

「什麼意思？什麼亂講話？你們還沒有公開嗎？」

她邊說，邊意識到大家的目光都集中在她身上。

「妳是怎麼啦，媽──！」

明希好像也意識到了周圍目光，講話方式也有點像在演戲一樣。

「伯母沒說錯什麼呀，伯母說得很對。」

木村插嘴。接著他輕輕推了一下眞由子後背，要她往出口的方向走。雖然被他推的時間只有那麼一瞬而已，可是眞由子感覺被推到的那個地方好像整個都焚燒起來了。被一種出於自己女兒男友的那個男人的意志。又或者說，他對於明希的愛。沒錯，眞由子醒悟了這點。

木村挑了一塊入口處的涼蔭，停下了腳步對眞由子說──「我今天會跟我上司說，我本來就這麼打算」。

「只是請您不要在客人面前……，這樣她當然也會生氣。我會好好處理，請您不要擔心。上一次我也不夠成熟，簡直像個小孩子。您們如果願意原諒我的話，我想再去拜訪一次，跟伯父道歉。我保證我一定會讓明希幸福的。」

他說什麼之前他像個小孩子一樣，可是今天的他反而感覺更像個少年。他說他會跟他上司坦白，老實說他也不知道情況會變得怎麼樣，但是如果至少有一個人必須離開那裡，他們兩人就會一起辭職，回去他老家，找一份新的工作。他簡潔地說他已經思考到了那邊。

「小孩子怎麼辦呢？」

「什麼怎麼辦？」

木村一臉認真反問，真由子不曉得該怎麼說——

「你有辦法好好養嗎……？你講得也太簡單了。」

「會嗎？我不覺得我想得太簡單了啊。」

「好了！算了！」

真由子轉身背對木村。她明知他不可能來追她，卻彷彿一直被追著一樣跨上了腳踏車，發了瘋地踩動踏板，騎過了不是通往菜市場，也不會通往她家的路徑。淚水滑落臉龐，停也停不了。眞由子也不曉得那到底是什麼眼淚。是忿怒、嫉妒？悲傷還是憧憬？是不安、是後悔？阿岡、阿岡——。她邊哭，邊低聲輕喊。

小説家の一日

小説家的一日

家在一片坡池的前面。坡池另一側，有團黑色的人正排隊走著。早上從二樓的窗內看見的，一群身穿黑色西裝的男人。海里住在山裡，平時根本不會看見這樣打扮的人。季節是晚秋。這邊是標高一千五百公尺的別墅區，只穿著西裝看起來很冷。

海里換下起床時的睡衣，洗把臉，準備早飯時，不經意想起——對了……。她的父親是小說家，在他寫的小說裡面出現過一個黑衣隊伍的場景。小說的舞台不在山中，而在城市裡，隊伍不只有男孩，還有女人，而他們所穿的是喪服。「我還以爲薰是他女兒，結果是一隻貓」、「再怎麼疼，這也太離譜了啦」。從這些路過隊伍的談話之中，主角得知那是一場「家貓的喪禮」。

海里已經忘了小說本身的故事，倒是清楚記得這個場景，因爲她父親寫那篇小說的時候，她家養的那隻喚做薰的三毛貓剛死掉。那時候他們會放貓出門。有一次，平時總是野幾個小時就回家的薰忽然好幾天都沒回來，全家焦急得不得了，之後過了四、五天，薰前腿夾著個大型捕鼠器一爬一瘸地爬回來了。還好腳沒斷。全家人剛鬆口氣，薰的狀況卻愈來愈糟，過沒幾天就嚥氣。獸醫說薰在外頭那幾天，大概身體情況急遽衰弱。海里的父親沒有像她或她妹、她媽那樣哭著掉眼淚，但原來他的淚水以那樣的形式出現在小說中。當然，實際上薰是埋在她家院子裡，沒有給牠辦喪禮。對於如今身爲一個小說家的海里來說，比起生活中實際發生過的事出現在父親的小說中，那出現的方式更吸引她。

正要吃早飯時，門鈴忽然響了，心想大概是宅配吧，另一半敏夫去應門，卻老半天沒回來，於是海里打開客廳通往玄關的門，悄悄瞄了一下，發現來客是那些身穿黑西裝的男人。剛才沒看清楚，這下子才看見他們都很順應時局地戴著口罩。忽然再多一個人出去應門好像也有點怪，而且海里也不想應付那些人，於是她又默默回去餐桌前。

隔著室內門，聽不見那些男人的話聲，但聽得見敏夫的，只是聽不清楚他到底說了什麼。搞不好是這塊別墅區的管理業者吧？出了什麼麻煩事嗎？另一半一直沒結束。他那個人一旦覺得麻煩，講話就會開始粗聲粗氣，搞不好還會惹來更多麻煩。海里這時已經認定這一定是椿麻煩事，霍然感覺好像有什麼黑壓壓的東西偷偷溜進了他們這在山中的生活，有點不安起來。

「……祭啦。」

敏夫終於回來後，講了一個這地方每七年辦一次的大祭典名字。那些黑西裝男人就是那些相關人士。明年正是舉辦祭典的年份。說是拖曳的神木會經過我們家這邊，所以一戶一戶來拜訪，說不好意思，到時候會很吵，請多擔待。

他們買下這八岳山腳邊的中古別墅是在五年前。大概兩年前左右，開始幾乎一整年都待在這邊的這個家。

新冠肺炎當然是一個原因，不過更主要的是他們夫妻倆就是喜歡這塊土地。

現在他們每天早晨吃過了早飯後都會去散步。兩人的性格加上職業關係，這對夫妻都是一不小心就會一直關在家裡不出門的那種。他們倆還在東京時，也試過騎腳踏車跟散步，但是都半途而廢。自從來了這個家後，早上不出門走一走，卻反而會覺得通體不舒暢。

「我們這邊的管理業者做事沒熱誠啦。」

在別墅區裡開了針灸院的恭子小姐說。這一帶有好幾個別墅區，但就海里他們這一區與其他幾區相比特別原始，這點有好有壞。他們這裡鋪了鋪面的，只有主要大街，其他依然是石子跟泥土摻雜的山路，沒蓋別墅的地方更是幾乎沒有採伐，要是從空中看，大概分不出來到底是別墅區還是山林地吧？可是海里跟敏夫就喜歡這一點。都特地從東京搬來山裡了，當然希望看見跟東京住宅區愈不一樣的風景愈好。

紅葉季節結束，風景色彩褪淡。有時候會看見鹿，偶爾還會遇見日本氈鹿。淡季時候幾乎不會遇見別人，但是今天有個拄著拐杖的老婆婆一個人從前方走來。他們已經養成了在別墅區裡看見陌生的臉龐也會打招呼的習慣，所以稍微拿捏了那打招呼的時間點。因爲有時候要是還隔很遠就打招呼，對方迎面而來也不會注意到，那就顯得尷尬了，所以他們有時候會假裝看看路邊植物呀、毫無意義地看著自己的手指甲呀，等到那距離縮短得恰到好處。

今天倒是對方早早就打了招呼，沒拿拐杖的那隻手，朝自己揮呀揮。海里跟敏夫也趕緊點頭致意。老婆婆沒有移開眼神，直直看著他們兩人笑呵呵走過來。

「你們好呀。」

「您好。」

「天氣忽然就變冷了啊——」

「是啊。」

「我之前也遇過你們吧？」

「噢，對，是耶——」

海里跟敏夫趕緊又慌慌張張點頭。他們並不記得遇過她，但人家這樣說，承認總比否認好嘛。

「你們總是感情很好一起散步哪——」

老婆婆像是要強調眞的不是第一次遇見他們一樣，這麼說，她跟海里他們一樣也沒戴口罩，可以清楚看見臉上表情與相貌。身穿一件米色毛衣、黑色褲子跟紅色的登山外套。膚色白皙，容貌端雅，不過走近了之後，才發覺她比遠遠看見時更有年歲。

「我今天早上是最後一次散步啦——」

「最後？」

「我家那口子明天會來接我，你們兩位也要一直這樣感情融洽、好好相伴喔。」

老婆婆感覺還挺愛聊天的，但沒想到話聲一落，就乾乾脆脆邁開腳步。海里跟敏夫又靜靜走了一段，走到離老婆婆有一段距離之後，敏夫問——「那個人有九十歲了吧？」

「這塊別墅區裡最老的，好像是一個九十歲的老婆婆不是嗎？」

「嗯，可是那個人最近死了啊——」

海里接口。她沒跟那個九十歲的見過，不過聽恭子說過。

「所以還有另外一個？」

「大概吧。」

「那個人的另一半，不就快要一百歲嗎？從哪裡來接她啊——」

腳底下鬆鬆軟軟，因爲日本落葉松的落葉鋪滿了整條步道。一站在了山丘頂，天空、遠方山稜與那山麓上的白樺林形成的漸層是如此優美眩目。

「我們到底爲什麼會在這種地方走路呀——」

海里今天把平時腦中飄著的念頭說出來。對在東京出生長大的她來說，差不多兩年前爲止，她做夢也沒想到自己居然會跑來長野終老。

找到了失蹤多年的父親。結果是別人。
三味線用租的。
連一塊錢都不值得。
去拜訪以前家教。
松鼠不再來的露台。
海里盯著這些字句——

車內收音機聽見的句子。擦身而過陌生人的話語。忽焉溜上腦海的事。夢裡的記憶。她習慣把好像可以當成小說素材的字句寫下來，存在手機裡頭一個叫做「Evernote」的應用程式。

今天要開始寫新短篇才行。決定把短篇集結成冊出版時，她只定了一個大方向——「孤獨」，此外什麼都還沒確定。

存下來的字句，份量多達十幾年。實際在小說中應用過的會標上顏色區別，不過沒標的比較多，也有些連自己也歪頭狐疑「當初到底幹嘛記這個？」。不過，就這樣看著看著總有一些什麼想法會浮出來。一些在腦海裡模模糊糊、幽幽微微的，會在字句撐持下開始具象成形。

海里的目光飄向窗外。池裡有鴨子在游。那群黑色的人昨天走過的對岸那邊，現在有什麼橘色的物體在那裡。昨天有一對父子在那兒釣魚，搞不好是他們遺忘的物事吧？海里又再把視線移回電腦螢幕上，習慣性打開推特。一下子跟那些氣噴噴的人一起氣憤，一下子對悲傷的人同理共情，一下子覺得沒錯、沒錯，就是這樣！一下看得發笑、一下又覺得噢原來如此。這些推特上看到的東西，好像都可以應用在小說上，但不曉得爲什麼最後都沒派上用場，大概因爲那些話語都是「想讓人聽的」吧，海里這樣思忖。

一整個上午沒有半點進度。今天得要去買點食材，乾脆午飯也在外頭吃。海里跟敏夫出了門。

離最近的小鎮車程二十幾分鐘。有公車，不過班次很少，能去的地方有限。在這裡，沒車的話實際上什麼也辦不了，但居然一對六十歲跟七十歲的夫妻，就選擇住在這樣子的地方。

反正應該都能解決吧。就算住在東京，上了年紀還不是一樣有愈來愈多的事情辦不了？大概自己在來了這塊土地之後，比以往更常思考起「老」這件事了。可是也有種感覺，好像自己一股腦把「老」這樁事給塞進了風雪呀、寒冷呀、坡道跟去市鎮的距離這些困難之中了。

能塡補這些，搞不好是因爲現在還有敏夫在，能夠一起笑、一起打馬虎眼混過。要是敏夫先走了一步怎麼辦？這件事其實還滿常想起的。之前她寫過一篇主角就是碰到這樣狀況的女人，在書寫中，自己的不安也浮出了水面。那短篇中的女人雖然一時陷入絕望，但後來重新堅強站起，小說如此收尾。可是自己呢，屆時能不能那麼堅強就不知道了。不過她很確定，另一半走了之後，她還是會想繼續活到自己人生最後一天，有那份意念。雖然搞不好會一直哭、失眠啊、泡在酒精裡，可是只要能繼續活下去，也許有一天，會有人稱讚自己堅強也不一定。

這兒最近多了一些新店家。一些年輕人從大城市裡搬過來，把沒落的商店街裡一些舊店面改裝成了舊書店或者餐飲店，企圖重振地區活力。不過這地方目前還是很冷清啦。海里跟敏夫每次一知道開了什麼新的店，就會跑去嚐鮮（相關情報都是從恭子小姐那裡聽來的）。今天他們打算去「飯糰咖啡店」。可是那家店好像一週只開三天，今天沒有營業。沒有辦法，只好改去之前去過一次的烏龍麵店。

新冠肺炎的疫情狀況現在稍微好轉了，這邊接連幾天每天都不到十人染疫，暫時可以放心外出用餐。不過一有人染疫，當事者的資料也會被馬上傳開，這也是這種地方的特性，所以在地人的警戒心應該是比東京人高出了好幾倍。再怎麼小的店家，門口一定會擺台體溫檢測機，有時候還要寫上自己的名字跟連絡對象。海里跟敏夫都戴著口罩進店，把額頭湊近了體溫檢測機。那個拉長了尾音喊著「歡迎光臨」的年輕老闆也同樣戴著口罩。

很小的店。一張頂多只能坐三個人的短吧台，還有兩張四人座的餐桌而已。客人只有一位坐在吧台前的年輕男子，正在跟老闆說笑，大概不是常客就是朋友吧。海里跟敏夫在一般桌位坐下。老舊的屋樑、舊啞了的淺色油漆塗得有點失敗的窗框與柱子、裝飾著一些好像墨西哥風格的民藝品。這條路上的店不管走進哪一家差不多都是這種風格，不能說不好，只是就很無聊，海里在心底這樣想。感覺就好像是已經把制服脫掉了又再穿回來一樣。梅花一定會配鶯、月亮配上雁子、年輕人的店再加上明顯手工感的室內裝潢——海里有點壞心眼這麼想。不過自己年輕時，搞不好一點也不覺得這樣有什麼突兀，搞不好這是一種對於年輕人的嫉妒。

菜單上有月見烏龍麵、咖哩烏龍麵跟「本月烏龍麵」。「本月烏龍麵」是擔擔烏龍麵。兩人點了咖哩烏龍麵，上一次也點這個。

「結果反正就有些事，光努力也沒用啦——」

吧台那年輕人說。老闆正一邊準備海里他們的烏龍麵，一邊跟他聊天。

「就是要先承認這個才有辦法開始啊——」

「但也要有勇氣承認哪——」

「對呀，可是就這樣啊，要有這種勇氣啊，不然自己騙自己，總有一天不行的啦——」

「我就是馬上不行那一種，還是我這算是自爆啊？」

「哈哈，你那是自爆啦！」

「眞的是自爆，不過我還沒跟任何人講過這個耶——」

「沒講又沒關係。」

「我也是蠢啦，什麼謊都能扯，幹嘛不扯啊眞是——」

「啊就小孩子呀——」

「誰小孩？你呀？」

「你啦！我這是在稱讚你耶——」

嗶嗶嗶嗶！計時器響起。老闆跟年輕男人暫停閒聊，沒一會兒，老闆端來了烏龍麵。

「你們今天不是第一次來吧？」

「嗄——」

「你們之前也來過吧？」

噢——，這個意思啊？是啊，今天第二次來了。海里回答。咖哩烏龍麵的味道比較像是藥水味，而不是香料的味道。海里這會兒想起，對啦，就是因爲這樣，所以第一次來過之後就沒再來了。

「今天大家都講一樣的話耶——」

海里在回程車上這樣說。「大家？」敏夫問。

「你們今天不是第一次吧？剛那個人不是這樣講？連早上那老婆婆也是啊，說之前也遇過你們吧之類的。」

「噢，這樣——」

敏夫毫無所謂地應聲，對話就這麼結束了。海里也不是多想聊這話題，只是覺得有趣，所以想提一下。

回程走一樣的路，不過是朝八岳的方向開。稻穀收割已經結束了，稻草也已綁成捆的原野一望無際，遠方群山綿延。把山稜線襯得分外分明的秋日清朗藍天。這藍，被譽爲是「八岳藍」，美得眞是令人神怡心醉。海里無數次這麼覺得。

她還清楚記得第一次這樣想的時候。那難以思議的一瞬。那時，她並不是初次造訪此地，他們在買下這間別墅後已經來待過好幾次了，她也覺得那邊的景色很美，只是那一瞬間，那跟她至今爲止所感受到的又有所不同的瞬間。不同的強烈感受。她在那一瞬，忽然意識到了自己此刻是身在多麼美好的一塊土地上哪。從那一刻開始，她認眞考慮要正式搬來這裡。那一刻，到底是怎麼回事？至今她仍不時思量。

不過她現在還不覺得這一片風景已經屬於了自己。真正算得上搬來這裡居住的時間已經過了兩年，這兒對她來說已經是一個「家」，而不是一間別墅了。是一處真正居住的地方。不過她依然感覺好像這片土地跟這片風景，是「借來的」一樣。像是一個旅人，自己。不過話說回來，難道東京那兒就是自己的風景、自己的土地了嗎？卻也不是。在搬來這邊之前住的三鷹（那兒的房子現在也還留著）或是婚前一直居住的調布，熟是熟，卻也不覺得那兒就是自己的家。跟朋友們去吃喝玩樂的東京市中心，當然也不是。所以看來好像自己所思想的是一個「故鄉」？海里心中這麼尋思。比方說，你如果問八岳這邊土生土長的居民，他們的故鄉在哪裡，他們肯定會瞬間秒答就是這裡了吧？但是我卻沒有那樣的地方。我小時候住的小金井、五歲到十二歲之間住的櫻上水團地，都不讓我覺得是故鄉。

「噯，人家要是問你故鄉在哪裡，你怎麼答啊？」

海里於是問敏夫。

「山形吧？」

敏夫幾乎想也沒想就說。他是在山形出生的，十歲的時候搬去橫濱，之後就一直住在關東，可是他至今依然常會提起山形的春天。每年等雪融了後，才眞的第一次看到土地呢——很懷念地講著這些。海里邊聽，邊尋想著自己心中像那樣子的記憶。

拿養雞場的景色來講好了。以前小金井的家旁就有個養雞場，她媽媽時常抱著她去看。家旁邊還有片小林地，樹蔭底下開著水仙花。家後頭是玉川上水，她時常跟她爸在那邊堤防上跑。

這些景象都好鮮明地浮上腦海。可是太過鮮明了。那時候我應該才三、四歲吧，可是那些浮上的影像卻連細節都好清楚。海里心想。大概是從爸媽那邊聽來的往事，讓我把記憶的細部都補完整了吧？可是，不，那根本不只是補完，以自己當時的年紀，那些搞不好根本就是被我爸媽的記憶所形塑出來的記憶。那時候爸媽常對著五、六歲的我講述那些事——小海好喜歡養雞場呀，每次要帶妳回家，妳就開始哭。我們以前不是常在那個堤防上跑來跑去嘛？那邊每次一到了傍晚，忽然就涼了下來，妳每次都臉紅咚咚地在那邊跑耶。雙親的話，在海里心中捏塑出了景象。而且大概每次自己一回想起被大人告知那些事情時的自己，就又添加了一些什麼東西上去了吧？但對我來講，那卻不是故鄉，那甚至不是故鄉的意象，那些就只是敘事而已。海里心底這麼想。

短篇小說的整體樣貌一直無法成形。

海里腦袋中已經開始冒出了一些模模糊糊的什麼，可是就是還不知道自己到底想寫什麼。

於是雖然乖乖對著電腦，卻果然還是泡在了網路裡。剛好被她看到了一個韓國海苔飯捲的照片，她就開始想吃想得不得了，開始找看看有沒有哪裡可以訂購，但是又開始懷疑那些店賣的到底好不好吃，這樣乾脆自己做還比較實在。於是改搜尋韓國海苔飯捲食譜。接著朋友間的 LINE 群組傳來了訊息，又回了一下，又因爲她每一個都回，結果搞得花了很多時間在那上頭。

就這樣，差不多一個小時就沒了，她的大綱檔案裡頭連一個字都還沒打。時間上來說，應該是要覺得焦急了，可是她並不覺得自己寫不出來。她知道她此刻腦中那些隱隱約約的什麼，總有一刻寫得出來，她也知道自己這種預感不會有錯。她當一個專業小說家，寫了三十幾年了，至少有了這種判斷能力。

手機響起。恭子小姐。說是下午四點預約的客人臨時取消，問她要不要去。海里會去恭子那邊針灸，是因爲那邊就在她步行距離內，而且每次臨時打電話去都約得到。不過前幾天打去時，剛好有人先訂了她想去的那時段，所以現在恭子才打電話來問吧？反正一直坐在桌前也寫不出什麼綱要，這她早從經驗中學會了，所以海里決定出門針灸。

爬了十五分鐘的陡坡，邊爬邊喘。每次去讓恭子針灸完了後，肩膀的確變得比較輕鬆，但搞不好其實也有個原因，是因爲來回的運動量很大吧？她爬上了那棟兼作針灸院的恭子家室外梯，打開了針灸院的門。

「抱歉抱歉，突然打給妳，沒問題嗎？」

穿著水藍色診療服的恭子出來招呼。恭子不喜歡染髮，所以一頭妹妹頭都是灰的，但她其實跟海里同齡。

「沒問題呀，沒問題。」

屏風後頭有張床，海里在那兒換穿了整套像是睡衣褲一樣的天空藍輕便服裝。說了聲「請」，恭子隨即進來。

「我剛換好了診療服，電話就打來取消了，眞討厭——」

這人每次一想到什麼就說什麼，對這別墅區內內外外的大小事都清楚得不得了，是這裡的消息通。對海里來講，聽她說說倒是還好，但她要是連自己的事情也講了出去，那就討厭了，所以海里在這裡只跟恭子說敏夫是個開舊書店的，沒說自己是位小說家。

趴到了床上後，恭子先幫海里按摩。說妳身體還是很僵硬耶，很不舒服吧，這樣？海里說還好耶，但是恭子說那可就嚴重了，有時僵硬得太厲害，反而不會覺得痛呢。

接著開始講起了家庭菜園的事。說是別墅區內一些對種菜有興趣的人，租了一片海拔比別墅區低了很多的農地，現在剛好空出了一個區塊，問海里要不要參加。海里不著痕跡地拒絕了。他們夫妻倆都對種菜沒興趣，而且鎮上就有個小農市集，買得到一些附近農家種的蔬菜，根本不需要花時間跟精神自己種。但她當然沒有全說出口，她只說我跟我老公都很懶啦……。之後恭子又興高采烈講起了剛採的毛豆有多美味，不過到了最後還是說，哎呀這種事還是看喜好啦，不再試圖說服她。這個時候，海里身上已經到處被插滿了針。

「噯，所以瀨尾太太，妳每天都做些什麼呀？」

瀨尾太太就是海里。她寫小說時用的是她婚前的本名白木海里，可是海里這名字很罕見，很可能會被人家發現她是小說家，所以她只跟恭子講了婚後冠上了夫姓之後的名字。還好恭子這裡也不寫病歷表，順利瞞混過去。在恭子的認知裡面，「瀨尾太太」就是一個舊書店老闆的老婆，大概會幫忙她先生做一點事，但是應該不至於太忙吧，大概是這樣想。

「噢，我就看看書啊、追追劇啊。」

她的確是不用寫小說的日子差不多就這樣過。恭子接了聲「噢，那就沒問題了，喜歡看書的沒問題」。

「搬來這邊後，那些不適應的人哪，通常是太太受不了，因爲這邊眞的沒事做嘛。又不像東京，隨便一出門就能跟朋友喝喝茶。那你說，搬過來之後再想跟另一半好好相處，可是搬過來的那些人大部分都已經退休了呀，這年紀了，跟另一半又沒有共同興趣。但是要是兩夫妻都覺得好，倘若不適應，我們就搬回東京，那還沒問題，我聽說有的呀，是只有老婆一個人搬回去耶，然後兩個人就離婚了——」

「咿——」

「對了對了，妳知道那個月見町那邊不是有家烏龍麵店嗎？那邊那對夫妻還很年輕喔，可是聽說太太已經離家出走了，說是不習慣鄉下生活。」

「啊——！」

於是海里這就想起了她今天在烏龍麵店聽到的對話。那老闆說他自己「自爆」，原來是這個意思啊。

「我們今天才剛去過那家店呢。」

海里趁翻身躺成了正面時說。

「眞的啊？那感覺呢？那個太太不在吧？」

「不在耶。」

這下想起來，第一次去時，店裡面的確有個女人。海里現在一邊應和恭子，一邊試著回想那個人的臉，可是沒什麼印象，倒是想起了今天烏龍麵店老闆跟她說「你們今天不是第一次吧？」的事。

走出了針灸院時，外頭天色已有點昏暗。

回程是下坡。比去時輕鬆，不過踩著砂礫的海里還是放慢了腳步，免得不小心滑倒。

有人迎面走來。看起來像是個黑影的那個人，是個穿黑西裝的男人。一定是早上來的那些人裡頭其中一個吧。擦身而過時，海里跟他點了個頭示意，但那人沒什麼反應。難道早上跟晚上，情況不一樣嗎？這不是第一次見了吧？海里在心口默默說。

忽然間她想到了小說的開頭要怎麼寫了。她要從描寫恭子夾在頭髮上那個大大的髮夾寫起，她這麼決定。而一旦決定了開頭，整體樣貌就差不多確定了。這種時候最是愉快。當然一開始寫了之後，可能又會陷入苦戰，不過總之當下此刻，歡愉雀躍。她帶著這種心情，打開了自家的門，喊了聲「我回來了——」。

台灣限定後記

我為何寫小說

井上荒野

在寫收錄於這本短篇集中的作品之前，我先寫了一本《在那邊的鬼》。

那是以我的雙親與另一位女士爲原型，關於愛的一部小說。寫完之後我發現，那也是一本關於「書寫」這件事的小說。我的父親與另外那名女子，都是小說家。

我母親也是一個寫小說的人。她很有寫小說的才華，替我父親代筆寫了好幾篇作品，可是她連一篇都沒有用自己的名字刊過。我父親過世後，她也沒再寫小說。爲什麼呢？我在寫完了《在那邊的鬼》後還一直想著這事。

也就是說，「寫小說」這件事究竟是怎麼回事，會去思考這問題。就在這時，剛好有一本文藝春秋的文藝雜誌《ALL讀物》找我連載短篇小說，編輯提議，讓我從「書寫」這行爲去抒發，做爲貫通所有短篇的主題。眞是非常巧合，我也非常驚訝。

我已經寫了三十年小說了，有時候我會覺得很恐怖。因爲有時在寫作的時候，連我自己也沒想過的字句忽然就輕溜溜跑進了小說裡。明明是我自己寫的，卻完全不曉得它們從何而來，非常離奇。而且那樣的字句會召喚來其他字句，讓書中角色講出一些出乎意料的話、想一些出乎意料的事，出現一些莫名但卻又令人依戀的情景。這些東西，其實是從我自己本身出來的，可是當我把它們打出來、顯示在電腦螢幕上的時候，它們便成爲一種我從沒見過的生物，又回到了我自身，喚醒了我的驚訝、痛楚或者羞恥，把我應當已忘卻的記憶給挖了出來。

當然人不只是會寫小說的。書寫這種行爲出現在我們日常生活各種情況裡。隨便記點東西、寫日記、信、郵件、LINE上的訊息或甚至把食譜記錄下來，都是。而這些行爲，也都會出現與寫小說時同樣的情況。寫時覺得根本就不需要扯謊、我沒在扯謊的那些人，**真的**寫下了眞實嗎？當心中某些隱隱微微的什麼，透過了書寫者所選出的一個字詞被傳送到了這世界的那當下，我感覺就有什麼超越了我們意志的事情發生了。

與本書同名的短篇〈小說家的一日〉，可以說是以我本身爲原型去創作的一個小說家角色。當小說被孕育出來的時候，也有一段好像魔法的過程，非常令人雀躍。雖然也很恐怖，可是我想，這或許就是我持續創作小說的原因之一吧。我祈望能夠這樣藉由語言，去確認自己與這世界的關係，不斷、不斷感受到驚詫、不斷不斷自我更新。也祝福所有本書的讀者朋友，也有這樣的時刻。

Lovecity113

小說家的一日

小説家の一日

作　　者—井上荒野
譯　　者—蘇文淑
編　　輯—黃煜智
行銷企劃—林昱豪
校　　對—魏秋綢
書封設計—林采薇
內文排版—陳姿仔

副總編輯—羅珊珊
總 編 輯—胡金倫
董 事 長—趙政岷

出 版 者—時報文化出版企業股份有限公司
108019 台北市和平西路三段 240 號四樓
發行專線／（02）2306-6842
讀者服務專線／0800-231-705、（02）2304-7103
讀者服務傳眞／（02）2304-6858
郵撥／1934-4724 時報文化出版公司
信箱／10899 臺北華江橋郵局第 99 號信箱

時報悅讀網—www.readingtimes.com.tw
電子郵件信箱—ctliving@readingtimes.com.tw
思潮線臉書—https://www.facebook.com/trendage
法律顧問—理律法律事務所　陳長文律師、李念祖律師
印　　刷—家佑印刷有限公司
初版一刷—二〇二四年八月二日
定　　價—新台幣四六〇元

Printed in Taiwan

時報文化出版公司成立於一九七五年，
並於一九九九年股票上櫃公開發行，於二〇〇八年脫離中時集團非屬旺中，
以「尊重智慧與創意的文化事業」為信念。

小說家的一日 / 井上荒野著 ; 蘇文淑譯 .
-- 初版 . -- 臺北市 : 時報文化出版企業股份有限公司 ,
2024.07
320 面 ; 14.8*21 公分 .
譯自 : 小説家の一日
ISBN 978-626-396-345-0(平裝)

861.57　　　　113007387

ISBN　978-626-396-345-0
Printed in Taiwan